Fort Swartfuyr

Van Anthony Ryan zijn verschenen:

IN DE SCHADUW VAN DE RAAF

Eerste boek – Vaelin al Sorna
Tweede boek – De Torenheer
Derde boek – De Vuurkoningin

DRACONIS MEMORIA

Eerste boek – Het Vuur van de Draak
Tweede boek – Het Legioen van Vlammen
Derde boek – Het Keizerrijk van As

IN DE SCHADUW VAN DE WOLF

Eerste boek – De Roep van de Wolf
Tweede boek – Het Zwarte Lied

DE ZEVEN ZWAARDEN

Eerste boek – Een Pelgrimstocht van Zwaarden
Tweede boek – De Krakentand
Derde boek – Stad der Liederen

Anthony Ryan

Fort Swartfuyr

De Zeven Zwaarden
Vierde Boek

UITGEVERIJ LUITINGH-SIJTHOFF

© 2022 Anthony Ryan
All rights reserved
© 2023 Nederlandse vertaling
Uitgeverij Luitingh-Sijthoff bv, Amsterdam
Alle rechten voorbehouden
Oorspronkelijke titel *To Blackfyre Keep*
Vertaling Barend de Voogd
Omslagontwerp Design & Prepress Studio, Amsterdam
Omslagbeeld Design & Prepress Studio, Amsterdam
Opmaak binnenwerk Crius Group, Hulshout

ISBN 978 90 245 9887 8
ISBN 978 90 245 9888 5 (e-book)
ISBN 978 90 210 3846 9 (luisterboek)
NUR 334

www.lsamsterdam.nl/fantasy
www.boekenwereld.com

Uitgeverij Luitingh-Sijthoff vindt het belangrijk om op milieuvriendelijke en
verantwoorde wijze met natuurlijke bronnen om te gaan. Bij de productie
van dit boek is daarom gebruikgemaakt van papier waarvan het zeker is dat
de productie niet tot bosvernietiging heeft geleid.

Voor die buitengewoon wijze profeet der
hedendaagse verdoemenis en de bedenker van
de ambulante doden, George A. Romero.

Sommigen die zeggen wijs te zijn,
zullen je vertellen: omarm de dood,
want de dood hoort bij het leven.
Maar zij hebben ongelijk.
Mijd de dood! Ontken de dood!
Veracht en bestrijd de dood,
met alle kracht die in je is.
Want wie de dood omarmt, wijst het leven af.
Het enige geschenk dat je ooit echt krijgen zult.

Geboden van de Eerste Wederopstanding.

Een

De Steenberen

*G*uyime was niet onbekend met de ijskoude liefkozingen van de mistige berglucht, maar het was al vele jaren geleden dat hij de kou zo diep in zijn botten voelde.

Koud en vochtig. Vochtig en koud, mopperde Lakorath droefgeestig. Toen de Noordelijke Landen opdoemden waren de woorden een soort mantra geworden voor de demon. *Ik moet bekennen, mijn Heer, dat ik nog steeds versteld sta dat jij en je medebarbaren er zo op gebrand waren elkaar te vermoorden voor dit miserabele land.* Het zwaard op Guyimes rug verschoof iets terwijl de bewoner van het wapen een gedempt en niet erg karakteristiek gonzen van weemoed liet horen. *Geef mij maar de zwavelduinen van de Foltervlakte of de zure golven van de Zee van Incubus. Die ruiken tenminste goed.*

'Klinkt verrukkelijk,' antwoordde Guyime zuchtend. Hij rustte uit op de kam van de berg die ze al een groot deel van de ochtend aan het beklimmen waren. Hij had verwacht dat de bergen, die zich van oost naar west uitstrekten, vanaf dit uitkijkpunt een indrukwekkend schouwspel zouden opleveren. Helaas, de mist kolkte in dikke flarden om hen heen en belemmerde het zicht. En hoe hoger ze klommen, hoe dichter de wolken werden.

Guyime haakte de waterfles van zijn riem en nam een grote slok. 'Zo verrukkelijk,' vervolgde hij, 'dat ik me afvraag waarom je de Hel eigenlijk verlaten wilde.' Hij tuurde met samengeknepen ogen naar het ondoordringbare landschap en zag alleen nietszeggende, in mist gehulde rotspartijen.

Willen is niet het juiste woord, zei Lakorath. Zijn stem had een geërgerde klank gekregen. *Weggelokt door smerig sterfelijk verraad, zou ik eerder zeggen.*

'Ik realiseer me net,' zei Guyime, 'dat je me eigenlijk nooit het hele verhaal hebt verteld over hoe je in dat zwaard bent komen vast te zitten.'

Lakorath reageerde niet op die scherpe opmerking, wat nog minder karakteristiek was. In al die jaren dat ze aan elkaar verbonden waren, was dit het enige onderwerp waarover de demon niet wilde praten. Meer dan vage toespelingen op de onbetrouwbaarheid van de sterfelijke soort liet hij niet los. Het was een gemakkelijke manier om hem de mond te snoeren als Guyime genoeg kreeg van zijn cynische praatjes of duistere aanmoedigingen. Gezien hun huidige missie begon hij de terughoudendheid van zijn onvrijwillige metgezel echter steeds moeilijker te verdragen te vinden.

'Je zult het me vertellen,' beloofde hij Lakorath, terwijl hij over zijn schouder naar het gevest van het wapen keek. 'Binnenkort.'

Weer liet Lakorath zich niet horen. Het zwaard bleef op Guyimes rug hangen als een onbeweeglijk stuk metaal.

Guyime slaakte een grom van ingehouden frustratie en keerde zich om om te zien hoe ver de rest van het reisgezelschap was opgeschoten met de beklimming van de bergrug. Zoeker ging, zoals te verwachten viel, op kop. De beestenbezweerster bewees haar typerende vastberadenheid en veerkracht tijdens de beklimming van deze bergtoppen, ook al was ze dit klimaat niet gewend en moest ze het gewicht van de lynx in een draagdoek voor haar borst dragen. Lissah voelde zich duidelijk veel minder goed en liet een aanhoudende reeks klagende miauwgeluiden horen. Of de lynx zo onrustig was vanwege de kou of vanwege de knellende draagdoek kon Guyime niet zeggen. Zoeker had de grote kat in een deken van vossenhuiden gewikkeld toen duidelijk werd dat de ijskoude lucht het beest zowel lusteloos als onvoorspelbaar maakte.

Een bewijs van Lissahs kribbigheid werd gevormd door het verband dat om de hand van Lorweth gewikkeld zat. De druïde was de volgende in de rij, na Zoeker. De zelfverzekerdheid waarmee hij zijn lange benen neerzette verraadde zijn bekendheid met hooggelegen gebieden en een onverschilligheid voor de kou. Zijn humeur leek zelfs te zijn opgeknapt toen ze in de bergen aankwamen. De bijtende ondertoon die zijn vele pogingen om grappig te zijn doorgaans kleurde, maakte af en toe zelfs plaats voor uitingen van oprechte vrolijkheid. Al werd dat laatste wel iets minder toen Lissah naar hem uithaalde en hem een reeks diepe krassen op zijn hand bezorgde. Lorweth had een onverstandige poging gedaan de lynx te aaien toen ze de vorige nacht rond het kampvuur zaten. Vandaag klom hij echter met een uitdrukking van tevreden zelfverzekerdheid. Waarschijnlijk, vooronderstelde Guyime, deed deze regio de Mareth denken aan het klimaat in zijn vaderland.

Lexius straalde zulke tevredenheid niet uit. Al werden ze vervormd door de dikke brillenglazen die hij droeg, Guyime kon de vermoeidheid in zijn ogen zien. Toch torste de kleine geleerde zijn bepakking zonder klagen en bleef hij verbeten voortploeteren over de berghelling. Lexius sprak zachtjes mompelend onder het lopen, en Guyime vermoedde dat hij voortdurend in gesprek was met de bewoner van zijn eigen zwaard. De Krakentand hing aan zijn riem en de gloed van het magische wapen was af en toe goed zichtbaar bij het afnemende daglicht. De volgende keer dat ze zich in meer alledaags gezelschap bevonden zou Guyime de geleerde moeten adviseren niet zo openlijk met de geest van zijn dode vrouw te praten.

Orsena liep achteraan, al vanaf het moment dat hun reisgezelschap deze tocht door de noordelijke bergen begonnen was. Guyime wist dat het niets te maken had met een gebrek aan doorzettingsvermogen. De Ultria van het Huis Carvaro zou waarschijnlijk tot het einde van de wereld kunnen lopen zonder voedsel of rust. Dat aspect van haar unieke lichaamsbouw had ze ontdekt toen ze uit Atheria vertrokken waren. Nadat haar ware aard zich had geopenbaard – ze was een magisch tot leven gekomen standbeeld – koos Orsena er dagenlang voor niets te eten of te drinken. Hoewel ze duidelijk humeuriger werd en vertelde soms scherpe steken van honger te voelen, verloor ze geen gewicht en wankelde ze nooit.

'Waarom?' had ze zich hardop afgevraagd, aan het einde van de eerste week van hun tocht naar het noorden. 'Waarom mij met honger opzadelen als ik niet hoef te eten?'

'Het was nooit de bedoeling dat je zou weten wat je bent,' bracht Guyime haar in herinnering. 'Zo wilde je vader… Ultrius Carvaro dat.'

Het noemen van de naam van de man die Orsena als haar vader had beschouwd, deed haar gezicht altijd vertrekken. Dichter bij lelijkheid konden, in Guyimes ogen, haar gebeeldhouwde trekken niet komen.

'Soms heb ik het gevoel dat ik Temesia had moeten bedanken omdat zij hem doodde,' zei ze met een bittere klank in haar stem. 'Zo bleef mij die last bespaard.'

Toekijkend hoe Orsena de bergkam beklom, realiseerde Guyime zich dat haar ogenschijnlijk lage tempo werd veroorzaakt door haar gewoonte regelmatig halt te houden om de omgeving in zich op te nemen. Tijdens hun trek door de landbouwgebieden ten noorden van de Stad der Liederen had ze zich ook regelmatig bezondigd aan zulke onderbrekingen. Ondanks alle kennis waarmee ze begiftigd was, ondanks de herinneringen van de vermoorde vrouw naar wie zij geschapen was; Orsena zag de wijde wereld voor het eerst. Guyime wist dat ze in veel opzichten een kind gebleven was, een onschuldige ziel die noodgedwongen langs de gevaarlijkste wegen trok. Hij had de neiging haar in bescherming te nemen en voelde zich tegelijkertijd schuldig omdat hij haar had meegesleept in dit grandioze maar vrijwel zeker dodelijke avontuur.

Je had haar kunnen achterlaten, fluisterde Lakorath. *Haar alle gruwelijkheden kunnen besparen die ons te wachten staan. Want je weet dat het gruwelijk gaat worden, nietwaar, mijn Heer?*

'Ze draagt een van de zeven vervloekte demonenzwaarden,' antwoordde Guyime. 'Ze kan nergens anders heen.'

Zijn blik gleed naar het gekromde kortzwaard dat in de schede aan Orsena's riem hing. Anders dan Lexius voelde zij geen enkele behoefte om met de bewoner van het zwaard te praten. Gezien de pijnlijke grimassen die zo af en toe op het onnatuurlijk symmetrische gezicht van de Ultria verschenen, vermoedde Guyime dat de demon die in het Bezweringszwaard gevangenzat veel minder terughoudend was.

'Wat zegt het wezen in het zwaard tegen haar?' vroeg hij aan Lakorath.

De demon snoof verachtend. *Ik ben weken geleden al gestopt met luisteren*, zei hij onverschillig. *Ze is afschuwelijk saai, vrees ik, en zó pretentieus. Ze bazelt aan één stuk door over allerlei artistieke en architecturale kwesties.*

'Ze?' vroeg Guyime verbaasd. 'Je had het eerder over een hij.'

Ja. In Lakoraths antwoord klonk minachting door voor de onwetendheid van de sterveling die hem droeg. *Demonen zijn veranderlijke wezens, mijn Heer. Soms mannelijk, soms vrouwelijk.*

Soms geen van beiden, soms allebei als we daar zin in hebben. Gender is een idee van stervelingen dat we hebben overgenomen om ons te vermaken. De dodelijk saaie figuur die in het Bezweringszwaard zit, neemt het liefst de aard aan van degene die haar draagt.

'En heeft deze vrouwelijke demon ook een naam?'

Niet voor zover ik heb kunnen ontdekken. Mijn soort is altijd heel voorzichtig met het delen van dat soort informatie.

Dat was in elk geval niet gelogen, wist Guyime. Hij had de naam van het wezen waaraan zijn eigen lot verbonden was pas leren kennen toen de Krankzinnige God die uitsprak. In feite, realiseerde hij zich, had hij de meeste informatie over de verschillende demonen pas gekregen nadat hij was begonnen aan deze zoektocht naar de Zeven Zwaarden. En om ze allemaal in bezit te krijgen, zou hij nog veel meer te weten moeten komen.

'Wat is dat?' vroeg Zoeker, toen ze op de bergkam naast hem kwam staan. Haar gezicht, niet langer bedekt met de monochrome verf die het in het begin nog maskeerde, richtte zich onderzoekend op de volgende berghelling. Guyime volgde haar blik en zag ongeveer vijftig passen verderop een grote vorm opdoemen uit de dunner wordende mist. Gehuld in nevelen zag het eruit als een vage, vormeloze steenmassa van drieënhalve meter hoogte, maar hij wist nog precies wat het was.

'De eerste Steenbeer,' zei hij, en hij begon te lopen.

Toen het beeld volledig zichtbaar werd, viel het Guyime op dat het nauwelijks enige verandering had ondergaan sinds de laatste keer dat hij hier was, nu vele jaren geleden. Het was verweerd en gebarsten op sommige plekken, maar nog steeds herkenbaar als de verbeelding van een op zijn achterpoten staande beer met open muil en grote, kromme tanden, zijn granieten lippen grommend teruggetrokken.

'Is het een markering, mijn Heer?' vroeg Lexius, toen hij en Lorweth bij hen kwamen staan. De vertekende ogen van de geleerde verloren het grootste deel van hun vermoeidheid en hij keek met zijn gebruikelijke onverzadigbare nieuwsgierigheid op naar het stenen beest. 'Een markering die aangeeft dat we nu in het Noordelijke Koninkrijk zijn?'

'Veel mensen zien dat zo,' antwoordde Guyime. Zijn blik gleed van het beeld en speurde over de omliggende hellingen. 'Maar de Steenberen werden hier oorspronkelijk neergezet als waarschuwing.'

'Om invallers uit het zuiden af te schrikken, zeker?' zei Lorweth.

'Nee.' Guyime onderdrukte een geërgerde grimas vanwege de mist die het zicht belemmerde. 'Ze waarschuwen reizigers voor wat ze waarschijnlijk zullen tegenkomen als ze verder deze bergen beklimmen.'

'Je bedoelt...' Lorweths knappe gelaat verstrakte toen hij weer naar het beeld keek. 'Dit? Zijn er zulke grote beren in de buurt?'

'De verhoudingen zijn overdreven, maar niet heel erg.'

Zoeker keek met een schuin hoofd op naar de grommende muil van de beer. 'Deze soort ken ik niet,' zei ze. 'En de meeste beren leven niet zo hoog.'

'Ze zijn ook niet zoals de meeste beren,' antwoordde Guyime. 'De legende vertelt ons over een magiër die de oude botten gebruikte van een lang uitgestorven wezen om een leger van beren te formeren. Ze vochten tijdens de latere stadia van de Krakenoorlogen. Toen de strijd gestreden en hun meester gesneuveld was, zouden de beren de bergen ingetrokken zijn. Daar wonen ze tot op de dag van vandaag. Ze voeden zich met geiten en af en toe een ongelukkige voorbijganger.'

Guyime zag dat Zoeker haar wenkbrauwen vragend optrok. Niemand had zo'n goed instinct voor natuurlijke gevaren als de beestenbezweerster, al vond ze het kennelijk nog niet nodig haar boog in gereedheid te brengen.

'Ik voel niks,' zei ze. Haar woorden gingen deels verloren in een nieuwe reeks klagende jankgeluiden van Lissah.

'Je kunt haar maar beter stilhouden,' raadde Guyime aan. 'Ze zeggen dat een Steenbeer de scheet van een geit op tien mijl afstand kan horen.'

Ze fronste, maar legde wel een hand op Lissahs kop, zodat de lynx onmiddellijk stil werd. 'Ik ga voorop,' zei Zoeker, en ze stapte de wervelende mist in. 'Aangezien er in de buurt iets is wat ons op wil eten.'

Guyime bleef even op Orsena wachten, terwijl Lorweth en Lexius achter Zoeker aan liepen. De Ultria leek in gedachten verzonken, maar zodra ze het grote beeld zag veranderde de uitdrukking op haar gezicht in nieuwsgierigheid.

'Ik had niet verwacht hier een stenen neefje aan te treffen,' zei ze. Het glimlachje gleed vrijwel onmiddellijk weer van haar gezicht, en Guyime kon aan de manier waarop ze haar hoofd schuin hield zien dat ze naar een opmerking van de bewoner van het Bezweringszwaard luisterde. 'De demon vindt het beeldhouwwerk ruw en primitief,' berichtte Orsena. Guyime zag haar hand naar het gevest van het zwaard gaan, een beetje beven en daarna terugkeren naar haar riem. 'Hij zou blijkbaar graag verbeteringen aanbrengen.'

'Zij,' verbeterde Guyime. 'Jouw demon is nu vrouwelijk, is me verteld.'

'Ah.' Orsena fronste en liet een kort lachje ontsnappen. 'Eigenlijk is dat op een rare manier heel logisch.'

Guyime zag haar hand opnieuw beven. 'We hebben geen tijd om eeuwenoude kunst te vernielen,' zei hij.

Haar zwaard reageerde met een zachte trilling die Orsena ineen deed krimpen.

'Dat vond ze niet grappig,' zei ze, en ze dwong zichzelf te glimlachen.

'Het maakt niet uit wat ze vindt.' Guyime keek Orsena recht in de ogen en zijn stem kreeg een harde, strenge klank. 'Jíj hanteert het zwaard, niet zij. Dat mag je nooit vergeten, anders maakt ze je tot haar slaaf.'

Orsena's eerste reactie op zijn woorden leek op die van een edelvrouw die zich door een gewone ziel beledigd voelde. Ze moest zich inhouden. Daarna werd haar gezichtsuitdrukking zachter. Haar perfect gebeeldhouwde gezicht kreeg een grimmige en vastberaden uitdrukking. 'Dat heb je me al vaker gezegd, hoogheid,' antwoordde ze. 'Al heel veel vaker.'

'En ik blijf het zeggen, Ultria.' Guyime stapte opzij en wees haar met een buiging de weg omhoog. 'Zo vaak als nodig is.'

⚔

De eerste keer dat Guyime over dit pad reisde waren er twaalf Steenberen geweest. Nu waren het er tien. Waar de andere twee gebleven waren bleef onopgehelderd. Volgens Zoeker waren de standbeelden uit ergernis omvergehaald door de dieren die ze moesten voorstellen.

'Alle beren zijn trots,' zei ze. 'Waar ook ter wereld. Ze houden er niet van als iemand ze belachelijk maakt.'

Guyime had de beestenbezweerster nog nooit iets grappigs horen zeggen, dus hij twijfelde er geen moment aan dat ze serieus was. Hoewel ze nog steeds geen gevaar voelde tijdens hun tocht over de door de beelden gemarkeerde route, was Guyime toch opgelucht toen, tegen het vallen van de avond, de laatste grote granieten beer in zicht kwam. Het beeld stond op de steilste bergkam die ze tot nu toe beklommen hadden; daarna daalde de bergrug met een lichte bocht af naar een groot plateau. Na een mars van een mijl of tien over dit relatief vlakke terrein zouden ze de IJzerpas bereiken; de gefortificeerde bergpas die de werkelijke grens vormde met het Noordelijke Koninkrijk. Guyime vond het een onprettige gedachte onder de ogen van de Steenbeer te kamperen – hij wist dat Orsena's demon haar weer lastig zou vallen met voorstellen het beeld te bewerken – maar in het donker doorlopen was vragen om moeilijkheden.

'Dit is het laatste,' zei Lorweth, terwijl hij zijn voorraad brandhout in de cirkel stenen wierp die Lexius had verzameld. 'En welk feestmaal heb je ons vanavond te bieden, als ik vragen mag, mijn geleerde vriend?'

'Pap,' antwoordde Lexius. Hij haalde de zak havervlokken uit zijn bepakking.

'Pas maar op,' gromde Lorweth met een zuur gezicht, terwijl hij naast het vuur neerplofte. 'Straks raakt mijn smaakpalet nog van slag van zoveel variatie. Ik ben een fijnproever, weet je.'

'Ik heb ooit een meester gehad die me graag rauwe visingewanden voerde,' antwoordde Lexius. De voormalige slaaf wierp Lorweth een dunne glimlach toe en blies zachtjes de vlammen aan. 'En hij liet me ze ook weer opeten als ik ze had uitgekotst. Dus je zult me vast mijn gebrek aan medelijden wel vergeven, meesterdruïde.'

Toen Guyime zag dat Orsena het grote beeld zorgvuldig stond op te nemen, ging hij achter haar staan en legde een hand op haar schouder.

'Les?' vroeg ze, toen ze zich omdraaide om hem aan te kijken.

'Wie een demonenzwaard draagt moet het leren gebruiken.'

De Ultria de beginselen bijbrengen van de zwaardvechtkunst was een nachtelijk ritueel geworden tijdens de lange tocht naar het noorden. Guyime had Lexius ook les aangeboden, maar de geleerde bekende weinig interesse te hebben. 'Als je een zwaard bezit dat een heel gebouw kan platgooien met een enkele bliksemschicht lijken de finesses van stoten en pareren een beetje overbodig, mijn Heer.'

Orsena was al snel een ijverige leerling gebleken. Ze nam de meeste van Guyimes lessen in zich op met een snelheid waaraan geen gewone sterveling zou kunnen tippen. Haar schepper had haar begiftigd met de lichtheid en de gratie van een danseres, terwijl haar spieren, als je die werkelijk zo mocht noemen, meer kracht en uithoudingsvermogen bezaten dan die van welke sterfelijke strijder ook.

'Goed,' zei Guyime, terwijl hun houten oefenstokken met een hard klikkend geluid tegen elkaar sloegen. Orsena was weer eens op perfecte wijze opzijgesprongen om de slag te pareren die hij op haar schouder had gericht. Minder tevreden was hij echter toen ze, in plaats van het kleine voordeel dat ze daarmee gewonnen had uit te buiten, een stap naar achteren deed en weer een defensieve houding aannam. Haar gebrek aan agressie was hem eerder opgevallen en hij maakte zich er zorgen over. Binnenkort zouden ze in de Noordelijke Landen zijn, waar ze, als alles klopte wat hij over zijn voormalige koninkrijk had gehoord, zeker op problemen zouden stuiten.

'Je kunt niet winnen als je je terugtrekt,' zei hij, terwijl hij naar haar buik uithaalde en zij de slag gemakkelijk ontweek met een elegante pirouette.

'Maar waarom winnen als je ook kunt rennen?' antwoordde ze, waarna ze zijn volgende aanval op haar benen afweerde. 'Waarom doden als dat niet hoeft? Mijn schepper heeft me zoveel uithoudingsvermogen gegeven dat ik het langer volhoud dan de meeste tegenstanders. Ik hoop ze met simpele vermoeidheid te verslaan.'

Ze zei het op luchtige toon, maar Guyime wist dat haar woorden voortkwamen uit een diepgevoeld innerlijk conflict; ze wilde niet doden.

Slappe hap, Heer, zei Lakorath. *Daar hebben we niks aan in het gevecht. Zullen we haar dan maar van de berg gooien?*

'Een echt gevecht is nooit zo gemakkelijk,' vertelde Guyime haar. 'En ik…' zei hij, terwijl hij onophoudelijk bleef toeslaan en het houten zwaard bijna haar keel raakte, tot ze het op het nippertje wist weg te slaan, '… heb me tot nu toe ingehouden.'

Hij zag hoe ze een verbeten trek om de lippen kreeg en haar lichaam spande. Guyime nam een defensieve houding aan en wachtte haar aanval af, die ongetwijfeld snel gevolgd zou zijn als Zoeker niet opeens opgesprongen was.

'Wapens in de aanslag!' riep de beestenbezweerster. Ze spande een pijl op haar boog. Lissah stond naast haar, klaar voor de sprong en grommend met ontblote tanden. Zoeker ging in een lage houding staan en spiedde zonder met haar ogen te knipperen in de mistige duisternis. De hemel was nog niet helemaal zwart geworden, maar door de rondhangende mist en de opkomende schemering was het zicht niet meer dan enkele meters.

'Beren?' vroeg Guyime. Hij wierp zijn oefenstok weg en trok het Zwaard Zonder Naam. Hij ging met zijn rug naar het vuur staan en gebaarde de anderen hetzelfde te doen.

'Hun geur is… ongebruikelijk,' antwoordde Zoeker. 'Maar, inderdaad. Beren.' Ze pauzeerde en hij zag een frons van zelfverwijt over haar voorhoofd glijden. 'Ik had hun aanwezigheid moeten voelen voordat ze zo dichtbij konden komen.'

'Bergberen staan bekend om hun sluwheid,' zei Guyime vergoelijkend. Hij keek Lorweth aan en gebaarde naar de mist. 'Meesterdruïde, als u zo vriendelijk zou willen zijn?'

Guyime kende Lorweth als een man met vele tekortkomingen, maar een laffe angsthaas was hij niet. De Mareth ging meteen aan het werk. Hij stak zijn armen omhoog en stapte weg van het vuur. De storm die hij opriep was opzettelijk zwak voor zijn doen, en alleen bedoeld om de mist te verjagen. De nevel werd dunner en dreef weg op de winden van de druïde. Aan weerszijden van hun kamp werden nu de flauwe hellingen zichtbaar, en op de toppen van die hellingen stond een lange rij ontzagwekkende schaduwen. Guyime telde er minstens veertig aan de ene kant en bijna vijftig aan de andere.

'Ach, verdomme,' verzuchtte Lorweth. 'De legende klopt blijkbaar, uwe hoogheid. Dit is een leger.'

'Het zijn de zwaarden,' zei Zoeker. Ze knikte naar Guyimes gloeiende wapen. 'Deze beesten hebben magie in hun bloed en botten, en ze houden niet van de stank van demonen.'

Heel charmant, teemde Lakorath. *Ik kan ook niet zeggen dat ik dol ben op hún geur. Nou ja, aan de slag dan maar, mijn Heer. Het is jaren geleden dat ik berenvlees heb mogen proeven.*

Guyime negeerde de bloeddorst van de demon. 'Kun jij misschien…?' vroeg hij Zoeker.

De frons op het gezicht van de beestenbezweerster werd dieper en ze tuurde ingespannen naar de donkere gedaanten boven hen. 'Ze voelen mijn aanwezigheid,' zei ze hoofdschuddend, 'en ze horen me, zoals andere dieren dat doen, maar ze wijzen me af. Om ze te kunnen bezweren, moeten ze me wel eerst toelaten. Nu kan ik niet veel meer dan ze angst influisteren, en ik vermoed dat dat ze alleen maar kwader zal maken.'

'Misschien werkt bliksem beter?' stelde Guyime voor, zich nu tot Lexius wendend.

'Niet doen!' waarschuwde Zoeker, toen de geleerde op het punt stond de Krakentand te gebruiken. 'Magie maakt ze alleen maar razend.'

'En ze klinken al behoorlijk geïrriteerd,' merkte Lorweth op, terwijl over de hellingen een koor van diep gegrom begon te weerkaatsen. Het kabaal zwol langzaam aan tot één enkele onheilspellende klank, die zo hard en diep weerklonk dat het gesteente onder Guyimes voeten begon te beven. Hij zag de beren heen en weer lopen en opspringen. Ze bereidden zich voor op de aanval.

Vanavond eten we berenvlees! verkondigde Lakorath met hongerige voorpret. *Als jij met ze hebt afgerekend is deze soort straks misschien wel uitgestorven. Weer een toevoeging aan je lijst opmerkelijke prestaties, mijn Heer.*

Een beer stormde van de berghelling, gevolgd door een tiental andere beren. Guyime klemde zijn tanden op elkaar en greep zijn zwaard steviger vast.

'Bij elkaar blijven,' riep hij de anderen toe. 'Lorweth, als ze dichtbij genoeg gekomen zijn, roep jij een storm op om ze tegen te houden. Lexius, verbrand er zoveel je kunt. Ultria, zorg alsjeblieft dat jij Zoeker beschermt…' Hij draaide zich om naar Orsena – en was met stomheid geslagen toen hij zag dat ze van hem wegrende.

Laffe teef, zei Lakorath snuivend. *Nou ja, hoef ik gelukkig niet meer naar dat artistieke gewauwel te luisteren.*

Maar de demon bleek ernaast te zitten. Orsena kwam vrijwel meteen weer tot stilstand aan de voet van het standbeeld van de Steenbeer. Het Bezweringszwaard verspreidde een oogverblindende blauwe gloed toen zij het in de lucht stak. Orsena haalde uit naar de voeten van de Steenbeer en Guyime beschermde zijn ogen tegen het nog feller wordende licht. Het standbeeld zwaaide en kantelde onder haar eerste slag. Guyime dacht even dat het beeld boven op haar zou vallen, maar de Ultria bleef doorhakken. Ze begon om het beeld heen te cirkelen en het Beweringszwaard bewoog zich zo snel dat de gloed een kooi van licht vormde, die al snel samensmolt tot één grote bal van gloeiende blauwe energie.

Een donderklap en een schokgolf bliezen Guyime en de anderen omver. Een hagel van ijs en puin deed hun ogen tranen. Toen Guyime weer iets kon zien, zag hij dat er geen standbeeld meer was.

Orsena stapte achteruit en haar nieuwe schepping zette zijn eerste stappen. Hij wankelde vooruit, zakte op zijn voorpoten neer en schudde verward met zijn machtige kop. Guyime moest eerst denken aan de standbeelden die door de verdoemde geest van Temesia Alvenisci tot leven waren gewekt in haar laatste, wanhopige poging de Exultia-kaste van Atheria te vernietigen. Maar toen de beer briesend naar voren kwam, zag hij dat zijn vacht niet van steen maar van bont was. Zijn ogen bezaten ook duidelijk een glans van bewustzijn. Hij speurde de omgeving af en kneep zijn ogen wantrouwig samen toen hij de kleine mensenfiguurtjes in de buurt zag staan. Toen hij de beren op de omliggende hellingen zag, verwijdden zijn ogen zich in herkenning.

Ze waren allemaal opeens blijven stilstaan. De beren staakten hun aanval en Guyime dacht dat hij ze onderdanig ineen zag krimpen. Het koor van grommende geluiden verstomde, de beren bogen hun snuit en wendden hun ogen af. Hun angstige houding sloeg om in paniek toen het tot leven gewekte standbeeld op zijn achterpoten ging staan en een enorme brul liet horen.

Het geluid, een harde, verscheurende muur van woede, weerkaatste in de bergen met de kracht van een storm. De beren vluchtten onmiddellijk. Tegen de tijd dat de brul was weggestorven, waren ze van alle berghellingen verdwenen.

De Steenbeer gromde en zakte weer op zijn vier poten neer. Guyime had het gevoel dat het beest Orsena kort maar betekenisvol aankeek, alvorens weg te springen. In een wolk van stof en versplinterd gesteente rende hij de zuidelijke helling op en verdween uit het zicht.

'Ze weet niet zeker hoelang hij zal leven,' zei Orsena. Ze draaide een paar keer met het Bezweringszwaard voordat ze het in de schede liet glijden. 'Een eeuw of twee maar, misschien. Goed,' zei ze, terwijl ze monter in haar handen klapte en naar het kampvuur liep, 'ik geloof dat er pap op het menu staat?'

Twee

De IJzerpas

━━◆━━

D e laatste keer dat Guyime door de IJzerpas reisde was zijn gezicht verborgen geweest onder een onverzorgde baard en een rafelige kap, zodat de soldaten die daar de wacht hielden hem niet zouden herkennen als de man die ze een week eerder nog als hun koning hadden beschouwd. Het was toen een zwaar belegerde en goed onderhouden vesting geweest. De dubbele torens aan weerszijden van de smalle bergpas waren schoongeboend en getooid met enorme banieren met het wapen van het Huis Mathille. De grijze en beroete muren die hij nu aanschouwde hadden waarschijnlijk het grootste deel van het decennium geen schoonmaakborstel gevoeld. De enige banier die er nu nog hing, was iets kleins in wit en blauw; welk wapen het was viel vanaf hier onmogelijk uit te maken. Toen ze dichterbij kwamen telde Guyime slechts een tiental schildwachten op de torens en eenzelfde aantal op de muur beneden. Hun hellebaarden stonden schuin, wat duidde op verveling of een gebrek aan discipline.

Een schandelijk tafereel, mijn Heer, stemde Lakorath in toen hij Guyimes afkeuring voelde. *Loot er een op de tien uit voor de galg en geef de rest er met de zweep van langs. Zo bracht je ze altijd in het gareel, herinner ik me.*

De ordeloze indruk werd nog eens versterkt door het groepje soldaten dat hen bij de poort opwachtte. De poort stond open voor reizigers en handelslieden, zoals gebruikelijk overdag. Het waren er niet veel in deze tijd van het jaar, maar ze waren er wel. De ongeschoren en slecht verzorgde boeven die het reisgezelschap aankeken hadden echter niets gemeen met de strenge en gewetensvolle soldaten die Guyime hier ooit had neergezet om de poort te bewaken.

'Wat moeten jullie?' gromde de sergeant nors, terwijl hij en zijn mannen de doorgang versperden. Een blik op 's mans bleke, ongeschoren kop en vermoeide oogopslag was genoeg om te concluderen dat hij zijn rang alleen te danken had aan zijn postuur. Zijn ogen en die van zijn soldaten stonden hol. Guyime kende die blik van mannen die onlangs een zware veldslag hadden overleefd. Maar welke strijd zou er hier gevoerd kunnen zijn?

'Handeldrijven, beste kapitein,' antwoordde Lorweth de sergeant. De druïde wist precies hoe hij moest omgaan met zelfs de meest opvliegende figuren. Doorgaans was dat met een combinatie van vleierij en slimme leugentjes. Guyime liet, ook omdat hij zijn eigen temperament niet vertrouwde, de onvermijdelijke onderhandelingen dus graag aan Lorweth over.

'Handel, me reet,' antwoordde de sergeant terwijl zijn diepliggende ogen Lorweth en zijn compagnons opnamen. 'Een stel moordenaars zou ik eerder zeggen, naar het noorden gekomen voor de oorlogen.' Hij pauzeerde om te spuwen. Guyime had het gevoel dat zijn woede deels gespeelde routine was. 'Moge de zwarte ziel van de Verwoester jullie vervloeken, allemaal.'

Zullen we hem spietsen? stelde Lakorath voor met een zekere nostalgische gelukzaligheid. *Hij lijkt me een prima kandidaat. Ik kon altijd erg genieten van de manier waarop ze nog even kron-*

kelden als ze van aars tot strot gespietst werden. *Herinner jij je die ene nog, die om genade bleef smeken terwijl de speerpunt al uit zijn mond naar buiten kwam...?*

'We zijn eerlijke handelaren die naar het noorden gekomen zijn om goederen te kopen, kapitein,' verzekerde Lorweth de sergeant. Hij klopte betekenisvol op zijn geldbuidel, die gevuld was met zilver uit de kluizen van de familie van Orsena. Ze hadden er meerdere, precies voor dit soort gelegenheden. 'En we zullen ook niet aarzelen de noodzakelijke tolheffingen te betalen.'

De chagrijnige frons van de sergeant veranderde in een korte berekenende blik. Het was Guyime al eerder opgevallen dat dit soort mannen, gewoonlijk traag van begrip, opeens heel snel kon reageren als het erom ging de juiste hoeveelheid smeergeld vast te stellen.

'Welke munteenheid?' gromde hij.

'Atheriaanse talenten,' antwoordde Lorweth terwijl hij een van de munten uit de buidel haalde. Het geldstuk glansde toen de druïde het in de open hand van de sergeant wierp. De perfect ronde vorm en het goed leesbare reliëfwerk van het zilver waren heel anders dan het ruw geslagen lokale muntgeld. De ogen van de sergeant begonnen net zo helder te glimmen als de zilvermunt, al kon Guyime meteen zien dat zijn hebzucht nog niet bevredigd was.

'Een is niet genoeg,' zei hij. 'Omdat jullie wapens dragen, moeten het er volgens de wet drie zijn. Ik kan zuidelijke boeven als jullie niet zomaar binnenlaten zonder schadevergoeding voor alle ellende die jullie zullen aanrichten.'

Inhalige zak, sneerde Lakorath. *Misschien moet je hem ook met de zweep geven op het moment dat je hem spietst, mijn Heer...*

Gevoelens van koninklijke trots negeerde Guyime meestal, maar de onverbloemde hebzucht van de sergeant stak hem toch. Gelukkig was hij getraind in het negeren van Lakoraths afschuwelijke adviezen. Afgaand op de manier waarop Orsena haar hand om het gevest van het Bezweringszwaard klemde, had zij er heel wat meer moeite mee haar demonische metgezel in bedwang te houden.

'Ze houdt niet van onbeschoftheid,' mompelde ze, toen Guyime een hand op haar arm legde om haar tegen te houden. 'En ik ook niet, feitelijk.'

Guyime besloot dat het tijd werd af te ronden. Hij stapte naar voren, tot grote schrik van de sergeant en zijn manschappen.

'Opgepast,' waarschuwde de sergeant, terwijl de hellebaarden op Guyimes borst werden gericht.

'Vier zilveren talenten,' stelde Guyime voor. Hij trok zijn eigen buidel uit zijn wambuis van geitenleer. 'Drie voor de doorgang en een voor de informatie.'

Bij dit soort lieden zou hebzucht altijd meer gewicht in de schaal leggen dan voorzichtigheid. De sergeant knikte naar zijn soldaten en ze lieten hun wapens zakken, hun ogen op Guyime gericht, maar vooral op de drie extra talenten die hij ondertussen uit zijn geldbeurs haalde.

'Welke informatie?' vroeg de sergeant, die met een kleine, door drank en pijptabak verkleurde tong zijn lippen likte.

'Ik geloof dat er niet lang geleden een meisje door de poort is gekomen,' zei Guyime. Hij knikte naar Zoeker. 'Een meisje dat op haar leek.'

Zoeker droeg een wollen sjaal over haar neus en mond tegen de kou, maar deed die nu af om ze haar hele gezicht te laten zien. Guyime had een onverschillige blik verwacht of nog meer onderhandelingen met de sergeant. Dat irritante handjeklap, dat er steevast in resulteerde dat hij nog een of twee talenten extra moest betalen, bracht hem bijna zover toe te geven aan de verleidelijke voorstellen van Lakorath. Groot was daarom zijn verrassing toen de sergeant opeens veel bleker werd toen hij het gezicht van Zoeker zag. En nog verrassender was de manier waarop hij en zijn soldaten, nu ook bleek weggetrokken, meteen opzijstapten.

'Eén zilveren talent,' mompelde de sergeant terwijl hij de munt die Lorweth hem had toegeworpen in zijn zak stak. Hij en de andere soldaten trokken zich terug en drukten zich tegen de muren van het wachtershuisje. Hun gebogen hoofden deden Guyime denken aan de beren die zich nederig terugtrokken in de bergen. 'En die hebben jullie al betaald,' vervolgde de sergeant. Hij gebaarde met zijn hoofd in de richting van het pad vol karrensporen dat naar de sombere engte van de bergpas voerde. 'En nu wegwezen.'

Zoeker wisselde een korte, beladen blik met Guyime. Ze ging vlak voor de sergeant staan en staarde hem recht in zijn bedrukte gezicht. 'Kijk me aan,' beval ze hem in de noordelijke taal, die ze moeizaam maar duidelijk verstaanbaar sprak.

De sergeant stond lange tijd zenuwachtig te kuchen voordat hij haar blik durfde te beantwoorden. Hij keek haar aan met de uitdrukking van een man die wist dat hij geen andere keuze had dan alles op het spel te zetten en af te dalen in een slangenkuil. 'Alsjeblieft,' smeekte hij fluisterend. 'Niet doen...'

'Wát niet doen?' vroeg Zoeker. Ze kwam nog dichterbij, haar gezicht op nog geen centimeter afstand van de bevende soldaat. 'Doen wat zij deed? Ze had mijn gezicht, is het niet? Alleen jonger?'

De lippen van de sergeant trilden. Hij hield ze stevig op elkaar, maar knikte wel voorzichtig.

'Droeg ze een wapen? Een dolk?' vroeg Zoeker.

Hij knikte opnieuw en Guyime zag tranen opwellen in de ogen van de man. 'Alsjeblieft,' smeekte hij weer. 'Ik kan niet...'

'Wat is er gebeurd toen ze hier was?' onderbrak Zoeker hem. Haar gezicht was nu zo dichtbij dat het haast leek alsof ze elkaar gingen kussen. 'Wat deed ze met jullie?'

'Ze...' Zijn verkleurde tong glipte weer naar buiten en streek over zijn droge, bevende lippen. 'Ze leek eerst op een gewoon meisje. We vroegen tol, maar ze had geen geld, dus... toen zeiden de jongens dat ze wel op een andere manier kon betalen.'

'En daar was ze niet van gediend,' zei Zoeker. 'Of wel soms?'

Hij schudde hevig en met grote ogen het hoofd. De sergeant ging snikkend verder: 'Ze trok die dolk, maar niet om te vechten. We zagen het lemmet roodgloeiend worden, zo fel dat het ons verblindde... en het liet ons dromen. Wij allemaal. Tegelijk. We vielen allemaal in slaap en... die dromen...'

De soldaat die links van de sergeant stond begon opeens te huilen. Hij sloeg zijn armen om zich heen en liet zich langzaam langs de muur naar beneden glijden. De andere soldaten waren er nauwelijks beter aan toe. Ze stonden allemaal te beven van afschuw en ellende.

'Toen we wakker werden was ze weg,' vertelde de sergeant. 'Alleen werden we niet allemaal wakker. Wat we ook probeerden, sommigen van ons konden niet meer gewekt worden. Het was alsof ze gevangenzaten in hun slaap, alsof ze vastzaten in die dromen.' Hij wrong zijn bevende handen, alsof hij zijn vingers probeerde schoon te maken. 'We konden niets anders voor ze doen... Het was uit genade...'

Hij zweeg en staarde Zoeker aan met een mengeling van afschuw en afwachting, een man die nooit meer zou ontsnappen aan zijn terugkerende nachtmerrie. Guyime zag een uitdrukking van lichte schaamte over het gezicht van de beestenbezweerster glijden voordat ze van de man weg stapte, zich omdraaide en zonder nog een woord te zeggen richting de bergpas begon te lopen.

'Deze wachtpost is een schande,' zei Guyime tegen de nog altijd roerloos staande sergeant, terwijl de anderen Zoeker door de poort volgden. 'Vervul de plichten die je zijn opgedragen of ga ergens anders heen.'

De sergeant staarde hem aan, blijkbaar te bang om nog iets te zeggen. Pas toen Guyime zich omdraaide om weg te lopen, flapte hij eruit: 'En de dromen? Die komen terug, weet je? Elke nacht!'

'Meer drinken,' raadde Guyime hem aan terwijl hij nog een zilveren talent over zijn schouder wierp. 'Of schenk jezelf de genade die je je mannen geschonken hebt.'

<hr />

'**W**at is er met haar gebeurd?' Zoekers stem klonk zacht. Ze had de kom met stoofpot die voor haar op de tafel stond nog niet aangeraakt. De aanblik en geluiden van de verrassend vrolijke herberg contrasteerden hevig met haar stemming. De herberg lag slechts een paar mijl ten noorden van de IJzerpas, een flink gebouw van drie verdiepingen aan een druk kruispunt waarlangs de karavanen trokken. Het viel Guyime op dat de meeste zwaarbeladen karren naar het noorden of het westen reden. Slechts een enkeling reisde naar het zuiden. Niemand ging naar het oosten. Een kruispunt gaf altijd een goed idee van de richting waarin de problemen te vinden waren.

'De grootvader van Ekiri zei vaak dat haar ziel door de Vier Geesten geweven was uit draden van pure vriendelijkheid,' vertelde Zoeker terwijl ze met een zorgelijke blik in de verte staarde. 'Ze was zo lief dat ik me soms zorgen maakte of de wereld niet een te harde plek zou zijn voor haar. Nu roept ze nachtmerries op om mannen te kwellen en tot waanzin en moord te drijven.'

'De Kristallen Dolk is blijkbaar heel machtig,' zei Guyime. 'Maar dat hadden we in Atheria al gemerkt.'

'Het wezen in het wapen heeft haar in zijn macht.' Zoeker keek hem kalm en dwingend aan. 'Toch?'

'Dat weten we niet, niet met zekerheid. Ik draag dit ding al langer op mijn rug dan ik wil weten, maar het heeft me nooit kunnen overmeesteren. Misschien geldt dat ook voor haar.'

'Maar wat doet ze dan? Wat is haar doel?'

'Nog meer vragen die we niet kunnen beantwoorden zolang we haar niet gevonden hebben.' Guyime legde een hand op Zoekers pols. Het leer van de polsband was ruw en verweerd van de vele pijlen die ze in haar leven had afgeschoten. 'En we zúllen haar vinden. Dat heb ik je gezworen.'

'Dat heb je.' Haar eisende blik verzachtte, maar verdween niet helemaal. 'Zoals je ook gezworen hebt de Zeven Zwaarden bijeen te brengen. We weten nog niet alles wat we moeten weten, dat is waar, maar we weten wel dat jij jouw doel alleen kunt bereiken via haar. Ekiri is de sleutel.' Zoeker hield haar hoofd een beetje schuin en liet haar stem zakken tot een plechtige belofte. 'Weet, Pelgrim, dat ik niemand mijn dochter kwaad laat doen. Jij mag je zwaarden hebben, die interesseren me niet. Maar als het aankomt op een keuze tussen het doel van jouw missie en haar leven, dan heb ik geen keuze.'

Ze bleven elkaar een tijdje strak aankijken, niet gelijkgestemd maar wel met wederzijds begrip, tot de anderen terugkwamen. Lorweth klemde een paar kannen bier in zijn vuisten, terwijl Lexius een nieuwe ronde stoofpot bracht. Orsena had de kinderen in de herberg vermaakt door ze Lissah te laten aaien. De Ultria was, naast Zoeker, de enige van hun gezelschap die de lynx mocht aanraken. Het tafereel van dat exotische dier in de armen van een zo bevallige dame trok altijd veel belangstelling – en maakte ook de tongen los.

'Het is zoals we onderweg al hoorden,' vertelde Orsena. Ze strekte een arm uit zodat Lissah van haar schouder naar de schoot van haar baasje kon lopen. 'Oorlogen, opstanden, hongersnoden en twisten alom.' De Ultria sprak de noordelijke taal vloeiend en had slechts een heel licht adellijk accent. Net als veel van haar andere vaardigheden, had ze zich de taal moeiteloos en snel eigen-gemaakt. De anderen spraken de taal van Guyimes vaderland in meer of mindere mate. Lorweth en Orsena waren het vloeiendst. Lexius' versie was verbazingwekkend ongepolijst en hij had een zwaar accent, hoewel hij zijn woorden koos met de precisie van een geleerde. Zoeker was de taal het minst machtig. Dankzij haar verblijf in de zuidelijke havens van de Vijf Zeeën kon ze echter wel converseren in de meest gangbare handelstalen.

'Vooral in het oosten, neem ik aan?' vroeg Guyime.

'Dat zeggen ze, Heer,' bevestigde Lorweth. 'Er is een kerel die zich de koning van het westen noemt en de heerschappij claimt over het hele Noordelijke Koninkrijk. Maar niet iedereen is bereid voor hem te buigen of belasting te betalen. Er wordt kennelijk al jaren gesproken over een grote veldtocht die zijn rijk zou moeten verenigen, maar er lijkt steeds maar niets van te komen.'

Guyime haalde de kaart van de Cartograaf uit zijn bepakking. Hij schoof de bierkroezen en kommen opzij om de kaart op de tafel uit te spreiden. 'Hebben er vreemde gebeurtenissen plaatsgevonden?' Hij bestudeerde de veelal bewegingsloze lijnen op de kaart. 'Plotselinge rampen?'

'Er gaan geruchten over een epidemie in het oosten,' antwoordde Orsena. 'Oorlogen, ook. Dit is een gebied vol problemen, uwe hoogheid.'

Ze sprak fluisterend, maar toch reageerde hij met een waarschuwende blik toen ze hem met die titel aansprak. In deze ene avond in de herberg had hij de naam 'Verwoester' al meer dan tien keer als scheldwoord horen vallen.

'Er doen een paar eigenaardige verhalen de ronde,' vulde Lorweth aan. 'Maar weinig wat verdergaat dan de gewone geruchten die je onderweg wel vaker hoort. Alleen het verhaal dat die ezeldrijver me vertelde, misschien, over een vervloekt kasteel.'

De lijnen op de kaart van de Cartograaf hadden wekenlang alleen maar richting het noorden gewezen, door de bergen. Zodra ze de IJzerpas naderden waren de lijnen in een nauwelijks waarneembare onbeweeglijkheid verzonken. Nu, op het moment dat Lorweth het vervloekte kasteel noemde, kwamen ze echter opeens tot leven. De vervaagde krullijnen werden donker en begonnen te bewegen. Ze vloeiden samen op de plek die volgens Guyime hun huidige locatie moest vertegenwoordigen.

'Welk kasteel?' vroeg hij, zijn ogen nog steeds op de kaart gericht.

'Gewoon, een ongeloofwaardig verhaal over een jonge ridder uit de westelijke hertogdommen,' vertelde Lorweth. 'De ezeldrijver liep hem en zijn gevolg een paar mijl naar het noorden tegen het lijf. De nobele knaap zou zogenaamd de hand van zijn geliefde dame winnen als hij erin slaagt een of andere bouwval een jaar lang in bezit te houden. Hij probeert soldaten voor zijn leger te rekruteren, maar bijna niemand wil. Het is ook niet zo gemakkelijk om mensen mee te krijgen naar streken die door de pest geteisterd worden. Bovendien heeft die bouwval volgens iedereen een kwade reputatie.'

Terwijl de druïde sprak, begonnen de lijnen op de kaart de vertrouwde ranken te vormen waarvan Guyime wist dat ze hem een nieuwe reisbestemming zouden onthullen. Hij was nauwelijks verrast toen de lijnen samenkwamen en elkaar begonnen te overlappen. Ze bewogen zich richting het oosten.

'En de naam van die bouwval?' vroeg hij.

'Fort Swartguur of zoiets, zei de ezeldrijver.'

'Nee.' Guyime zag hoe de wervelende ranken een enkele lijn vormden, die als een slang door de bergen en de bossen kronkelde alvorens uit te groeien tot een lelijke zwarte vlek. Daarnaast verscheen een pictogram, het symbool voor een meer. 'Fort Swartfuyr,' fluisterde hij.

'Ken je het?' vroeg Orsena.

'Alleen van reputatie,' antwoordde Guyime. 'En de druïde heeft gelijk, het is een onheilspellende plek.'

De herinneringen welden in hem op terwijl hij naar de onooglijke vlek op de kaart bleef kijken. Hij zag het knappe gezicht van Heer Lorent Athil weer voor zich, de enige van zijn twaalf trouwste metgezellen die de slag op het Veld van de Heilige Maree had overleefd.

'Een vroegere kameraad van me was ontzettend gefascineerd door dat kasteel,' vervolgde Guyime. 'Hij trakteerde ons soms op dat verhaal, als we ons verveelden bij het kampvuur. Heer Lorent bezat zelf geen kasteel, moet je weten, dat was generaties geleden al van zijn familie gestolen. Hij droomde er dus van een ander kasteel in bezit te nemen.' Guyime pauzeerde en besloot er maar niet bij te vertellen dat Heer Lorent gehoopt had de vurige Vrouwe Ihlene aan zijn zijde te hebben op het moment dat hij zijn fort in handen kreeg. Over hun liefde spreken voelde als verraad. Misschien omdat ze er zelf nooit over gesproken hadden, zelfs niet tegen elkaar.

'Ik denk dat het idee om een fort te bevrijden van zijn zogenaamde vervloeking zijn ridderlijke gevoelens aansprak,' ging hij verder. 'Hij was, in alle eerlijkheid, de enige ridder die ik ooit ontmoet heb die het waard was zo genoemd te worden. De legende van de vloek van het fort is heel oud en dateert van de Baronnenoorlog, een eeuw voor mijn tijd. De koning onderdrukte de opstand van de verraderlijke edellieden van de oostelijke baronieën. Zodra ze allemaal onthoofd waren, zoals de wet en de gewoonte dat toen voorschreven, verdeelde hij hun landerijen en kastelen als beloning onder zijn loyale ridders. Een van de ongelukkige baronnen had echter een zoon die de bergen in was gevlucht met een groep trouwe volgelingen. Zijn naam was Orwin Swartfuyr. Hij zwoer de meest bloedige wraak op iedere westerse edelman die door de koning werd gestuurd om het kasteel van zijn vader te bezetten. Dat bleek geen grootspraak.

Orwin slachtte in de loop van tientallen jaren iedereen af die zich in Fort Swartfuyr durfde te vestigen. Hij gebruikte list en bedrog en, volgens sommigen, de zwarte magie van de oostelijke bergbewoners. Niet alleen de edellieden, maar ook hun vazallen en personeel gingen eraan. Op den duur was er geen westerse ridder meer die nog overgehaald kon worden het fort te bezetten. Orwin voelde zich zo zeker van zijn zaak dat hij uiteindelijk terugkeerde naar het kasteel en zichzelf uitriep tot baron Swartfuyr. Toch was het geen echte overwinning voor Orwin. Verteerd als hij was door wraakgevoelens, was hij een monster geworden met een afschuwelijk temperament, een onrechtvaardige heerser. Ze zeggen dat de bergheks die hem tijdens zijn opstand met haar magie steunde, zich tegen hem heeft gekeerd. Ze vervloekte hem en allen die hem volgden. Zij wilden dat kasteel toch zo graag bezet houden? Zij vervloekte hen het voor eeuwig te moeten bewaken, óók na hun dood. Het verhaal wil dus dat Fort Swartfuyr, dat al heel lang leegstaat, nog steeds bewoond wordt door de geest van Heer Orwin en zijn opstandige spokenbende, en dat ze hun bloeddorst nooit verloren zijn.'

Lorweth bracht de kroes naar zijn lippen en zuchtte ontmoedigd in zijn bier. 'Kan het nou nooit eens een mooi, aangenaam en zonnig eilandje zijn in de mildere streken van de Derde Zee?' mompelde hij.

'Nee, meesterdruïde,' antwoordde Guyime terwijl hij de kaart oprolde. 'Blijkbaar niet. Waar vinden we die koppige ridder? Ik heb zo'n vermoeden dat we de oostelijke gebieden beter niet in kunnen trekken zonder gewapende bondgenoten. Dat zou zelfs voor ons onverstandig zijn.'

Drie

De schildknaap en de ridder

———※◆※———

De schildknaap van de ridder was een boom van een vent. Hij torende boven Guyime uit en zijn brede bouw en spierbundels waren al even intimiderend. Op het eerste gezicht schatte Guyime hem boven de dertig, maar toen hij hem van dichterbij bekeek, realiseerde hij zich dat de jonker rond de twintig moest zijn. Zijn gezicht was mager en diepgegroefd. Hij had een krachtige kaak en neus, zodat de meeste mensen hem eerder bruut dan knap zouden noemen. Hij was jong, maar beslist geen dwaas. Toen hij de vijf vreemdelingen bekeek die zich voor zijn kar verzameld hadden, zag Guyime zowel een scherp keurende als wantrouwende blik in zijn ogen.

Ze waren aan het eind van de ochtend bij deze modderige verzameling krotwoningen aangekomen. De jonker troffen ze boven op zijn kar aan, terwijl hij vruchteloze pogingen deed voorbijgangers te rekruteren voor de missie van zijn meester. Op een bord van plankenhout stond in hanenpoten geschreven: SOLDATEN – TIEN SCHELLING PER WEEK. BOOGSCHUTTERS – TWINTIG. In Guyimes tijd had een huurling zich rijk mogen rekenen als hij één schelling per maand verdiende, maar dat was nu eenmaal de grillige wet van vraag en aanbod. Te oordelen naar de wijde boog waarmee de voorbijgangers om hem heen liepen, soms vergezeld van schunnige beledigingen, was zelfs die ogenschijnlijk gulle beloning niet genoeg om mensen over te halen zich onder zijn vlag te scharen. En toch aarzelde de jonker toen zich spontaan vijf vrijwilligers meldden.

'Zeevolk?' vroeg hij, nadat hij een lange pauze had laten vallen na een van Lorweths bloemrijke begroetingen. Het was de algemene en tamelijk toepasselijke term die gebruikt werd voor iedere vreemdeling die van over de bergen uit het zuiden gekomen was, waar de Vijf Zeeën al het leven en alle handel bepaalden. 'Maar jij toch niet,' voegde hij eraan toe, terwijl hij zijn ogen samenkneep om Lorweth beter te bekijken. Zijn blik werd nog wantrouwiger toen hij Guyime in zich opnam. 'En jij ook niet, gok ik. De zon maakt de huid wel donkerder, maar kan je afkomst niet verbergen. Uit welk hertogdom ben jij afkomstig?'

De jonker mocht dan sluw zijn, deze vraag verraadde toch een duidelijk gebrek aan ervaring in het werven van huurlingen.

'Het verleden van een man behoort alleen hem toe,' antwoordde Guyime. 'Ik heb een zwaard en ik weet hoe ik ermee om moet gaan. Mijn vrienden verdienen het ook betaald te worden voor gevaarlijk werk.' Hij knikte naar zijn metgezellen en wierp een scherpe blik op de zo goed als verlaten modderige weg. 'Terwijl jij zo te zien staat te springen om mensen zoals wij. Meer dan dat gaat je voorlopig niet aan.'

De behoedzame voorzichtigheid van de jonker had blijkbaar ook grenzen, want zijn zware gelaatstrekken werden rood van woede. 'Ik laat me door jou de les niet lezen over hoe ik zakendoe…'

'Als u mij toestaat, goede Heer,' mengde Lorweth zich in het gesprek, terwijl hij diep buigend tussen Guyime en de jonker ging staan. 'U moet het onze aanvoerder maar niet kwalijk nemen. Een man die in zoveel oorlogen gevochten heeft vergeet soms zijn manieren. Dat gold altijd al voor de IJzerhonden.' Hij rechtte zijn rug met een houding van trotse afwachting.

'IJzerhonden?' vroeg de jonker met samengeknepen ogen.

'Ja, natuurlijk.' Lorweth lachte op verraste toon. 'De IJzerhonden van de rode woestijn, in levenden lijve.' Hij pauzeerde opnieuw, zodat de verwondering van de jonker de kans kreeg nog wat toe te nemen. 'De overwinnaars van de Vervloeking?' voegde Lorweth eraan toe, zogenaamd verbijsterd over 's mans onwetendheid. 'Veteranen van honderden schermutselingen tijdens de vetes van Carthula? De redders van Atheria? Mijn Heer' – Lorweth stapte achteruit en spreidde zijn armen als om de hele groep te presenteren – 'ik lieg niet: dit zijn werkelijk de IJzerhonden!'

'Nooit van gehoord.' De jonker klonk nors, maar zijn boosheid was gezakt. 'Zij dragen wapens,' merkte hij op, terwijl hij naar Guyime en de anderen knikte en daarna Lorweth nog eens nauwkeuriger bekeek. 'Maar jij hebt niet veel meer dan een mes. Waarom zou ik jou inhuren, behalve voor je bloemrijke praatjes?'

Lorweth trok een wenkbrauw op naar Guyime en schonk, nadat hij een instemmend knikje had gekregen, de jonker een brede glimlach. 'Ik gok dat u daar al een tijdje staat,' zei hij. 'Misschien zou u blij zijn met een verkoelend briesje?'

De wind die hij opriep was veel te krachtig om een briesje genoemd te mogen worden. Modderflarden stegen op van de weg en vormden een bruine wervelwind rond de kar van de jonker, voordat Lorweth de wind weer liet liggen. Het was zeker niet zijn meest spectaculaire demonstratie, maar genoeg om indruk te maken op de jonker. Hij nam de druïde lang en keurend op, zijn gezicht nog altijd zeer behoedzaam.

'Ik kan niet meer dan vijfentwintig schelling per week bieden,' zei hij. 'Zelfs niet voor een magiër.'

'Dertig,' stelde Guyime. 'En hetzelfde voor de rest van ons.' Hij glimlachte dunnetjes. 'De IJzerhonden zijn geen armoedzaaiers.'

*H*eer Anselm Challice zou er veel indrukwekkender hebben uitgezien, vond Guyime, als hij niet naast zijn schildknaap had gestaan. De lange jongeman met zijn golvende zijdezwarte haar en onmiskenbaar knappe gezicht leek daardoor niet meer dan een onervaren jongeling. Hij stond in zijn tent en overdacht de woorden van zijn kolossale schildknaap.

'Ze zeggen dat ze beroemde krijgers zijn uit het gebied van de Vijf Zeeën, mijn Heer,' zei de jonker. 'Ik kan niet zeggen of dat waar is, maar de Mareth is een magiër en zou ons van nut kunnen zijn. Ik weet alleen niet of hij echt dertig schelling per week waard is.'

'Dertig, hè?' zei Heer Anselm peinzend. Hij bekeek Lorweth fronsend, om daarna de andere leden van het onlangs tot 'IJzerhonden' gedoopte reisgezelschap te bestuderen. Net zoals vele andere jongemannen liet hij zijn blik even rusten op de knappe Orsena, maar niet zo lang als gebruikelijk. Zijn aandacht ging vooral uit naar Guyime.

'Zit ik ernaast als ik jou als de leider van deze groep beschouw?' vroeg hij.

'Nee,' zei Guyime simpelweg. Hij zag Anselms aandacht verschuiven naar het zwaard dat boven zijn schouder uitstak. Zwaardknop, gevest en pareerstang waren in leer en bont gewikkeld, zodat het fijne ambachtswerk grotendeels verborgen bleef. Het metaal dat nog wel zichtbaar was, was echter onbevlekt en vrij van krassen. Voor wie niet beter wist zag het eruit als een behoorlijk waardevol wapen, en dat was volledig in strijd met het verweerde uiterlijk van de man die het droeg.

'Dat zijn decoraties die ik niet ken,' zei Anselm. Hij stak zijn hand uit. 'Mag ik eens zien?'

'De godsdienstige overtuigingen van onze kapitein staan dat

niet toe,' wierp Lorweth snel tegen, en hij voegde er voor de zekerheid een onderdanig 'mijn Heer' aan toe.

'Ah,' zei Anselm. Hij tuitte zijn lippen op een manier die duidelijk maakte dat hij, net zoals zijn jonker, bepaald geen dwaas
was, hoe dwaas zijn missie ook mocht zijn. 'En wat is je naam,
kapitein?'

'Kapitein, dat volstaat,' antwoordde Guyime.

'Zoals je wilt.' Op het voorhoofd van de ridder verscheen een
frons en hij keek hem met een schuin hoofd onderzoekend aan.
'Merkwaardig accent heb je, kapitein. Ik zou het in de graafschap-
pen van het Middenrijk thuisbrengen, maar die tongval heb ik
niet meer gehoord sinds de dood van mijn grootvader.'

Guyime bleef strak terugkijken, Anselms gezicht afspeurend op
iets wat wees op kennis die hem in gevaar zou kunnen brengen.

En zo wordt dus het wantrouwen gezaaid, mijn Heer, mompelde
Lakorath. *En dat zal zeker blijven groeien. Je kunt hem maar beter
de keel doorsnijden zodra zich een kans voordoet, niet?*

'Er is me verteld dat u strijders nodig heeft voor een tocht naar
de oostelijke baronieën,' zei Guyime. 'De prijs is dertig schelling
per persoon, per week, voor mij en mijn IJzerhonden. Over de
prijs valt niet te onderhandelen. Ik tolereer geen verdere twijfel
aan mij of mijn reisgenoten. U betaalt ons om te marcheren en te
vechten onder uw vlag, meer niet. Onze loyaliteit stopt zodra de
betaling stopt. Dat zijn de regels van iedere huurling. Als u niet
aan die voorwaarden kunt voldoen, vertrekken we.'

Hij liep naar de uitgang en boog zich al om het tentdoek opzij te slaan. Hij bleef staan toen de ridder 'Stop!' riep. Anselms
stem bezat de autoritaire klank die alleen een hooggeborene zich
zou veroorloven. Een positie aan het hof van koning Guyime,
wereldwijd beter bekend als de Verwoester, was nooit erfelijk
geweest, maar moest verdiend worden. Vroeger zou die toon
dus betekend hebben dat Guyime enige tijd zou uittrekken om

de bevoorrechte jongeling hardhandig wat respect bij te brengen. De kapitein van de IJzerhonden, echter, rechtte zijn rug en trok alleen een wenkbrauw op.

'Dertig schelling per persoon, akkoord,' zei Anselm. Hij boog zijn hoofd, tot grote ontsteltenis van zijn jonker.

'Mijn Heer…' begon hij met zachte stem. Hij kwam naast de ridder staan.

'Val me niet lastig, Galvin,' zei Anselm en hij wuifde hem weg. 'We hebben lang genoeg gewacht in deze modderbende. Met deze nieuwe huurlingen komt onze troepenmacht op vijftig in totaal.'

'Negenenveertig, mijn Heer,' verbeterde Galvin. 'Delvis is gisteren aan dysenterie bezweken.'

'O ja.' Anselm fronste een fractie van een seconde voordat er een opgewekte glimlach op zijn lippen verscheen. 'Maakt niet uit. Ik ken blinde mankepoten die een betere boogschutter geweest zouden zijn. Roep de mannen bij elkaar, Galvin. Ik wil voor het vallen van de avond onderweg zijn.'

'En de epidemie, mijn Heer? We horen elke dag meer geruchten.' Galvin zag eruit als een man die zijn woorden zorgvuldig koos als hij wist dat zijn meester ze niet wilde horen. Aan de manier waarop hij naar de ridder keek, kon Guyime afleiden dat zijn loyaliteit veel verder ging dan verstokte dienstbaarheid.

'Ik weet zeker dat de zegen van vader Lothare alle onheil zal afwenden. Volgens alle verhalen zouden de gebeden van die man zelfs een storm weerstaan. Een kleine ziekte kan voor hem dus nauwelijks een probleem zijn.'

e laatste priester van de Kerk van de Wederopstanding die Guyime had gekend noemde zich Boek en was, na een lange en moeilijke reis, een onbetrouwbare moordenaar gebleken. Hij stierf krijsend terwijl een oorlogsdemon die zich als god voordeed voor de lol heilige teksten in zijn botten brandde. Guyime vond dat het einde van Boek nog veel te genadig was geweest, maar zo dacht hij eigenlijk over alle geestelijken in dienst van deze specifieke kerk. Ze waren er in verschillende vormen en maten, bezeten door variërende hoeveelheden toewijding of hypocrisie, maar hij was er in al die jaren nog nooit een tegengekomen die hij niet had willen afmaken. Vader Lothare – grijze pij en grijze baard, maar stevig gebouwd en met een harde, dwingende stem – vormde daarop geen uitzondering. Toch kon Guyime geen cynisch bedrog in 's mans ogen zien, en dat onderscheidde hem in elk geval een beetje van de verraderlijke fanaticus die Guyime tijdens zijn pelgrimstocht door de Vervloeking had gekend.

Een ongelukkige val tijdens een donkere nacht, misschien? stelde Lakorath voor, terwijl Guyime toekeek hoe de priester de zegen uitsprak over de heilige missie van Heer Anselm Challice en zijn moedige soldaten. *Als we hun geestelijke openlijk vermoorden, krijgen we vast problemen met die andere onderkruipsels.*

De huurlingen van Heer Anselm zaten geknield in een veld naast de karren die beladen waren met opgevouwen tenten en hoog opgestapelde voorraden. Vader Lothare zwaaide zachtjes met zijn *aspergillum* over hun gebogen hoofden. Het ding leek op een koperen bal aan een smalle cilinder. Hij zwaaide de ketting rond waaraan de cilinder bevestigd was, declameerde zijn gebeden en sprenkelde op die manier wijwater over de verzamelde soldaten.

'Moge de Eerste Wederopstandeling ons pad zegenen,' herhaalde Lothare met schelle stem. 'Moge Zijne Heiligheid onze hand leiden. Moge de Eerste Wederopstandeling ons pad zegenen…'

'Wat zit er in dat ding?' vroeg Orsena met een verwonderde frons. Omdat zij buitenlanders en heidenen waren bleef de ceremonie hun bespaard. Ze stonden naast de karren en keken toe met uiteenlopende mate van interesse. Lorweth en Zoeker toonden zich volledig afkering van het spektakel. De druïde lag zo te zien te dommelen op een bed op een van de karren. Zoeker sloop met Lissah door het gras langs de weg.

'Het bloed van de Eerste Wederopstandeling,' antwoordde Guyime. Hij zag hoe verschillende soldaten terugdeinsden op het moment dat de druppels hun huid raakten.

Orsena's frons werd dieper. 'Het lijkt niet echt op bloed.'

'Het is water zolang het in de heilige aspergillum zit,' legde Guyime uit. 'Het wordt bloed op het moment dat het onder gebedengezang over de gelovigen uit wordt gesprenkeld. Dan lijkt het alleen maar op water.'

Orsena's opgetrokken wenkbrauwen gaven haar gezicht een geamuseerde, minachtende uitdrukking. 'Dat slaat echt helemaal nergens op.'

'Eigenlijk,' mengde Lexius zich in het gesprek, 'doet het dat wel, als je de macht van het geloof in overweging neemt.'

'Hoe dat zo?'

'Het geloof is machtig, maar die macht ontleent het aan het feit dat het losstaat van elke rationaliteit. De ware gelovige van de Kerk van de Wederopstanding heeft ongetwijfeld het gevoel dat hij echt geraakt wordt door het bloed van de Eerste Wederopstandeling, terwijl degenen die onzeker zijn over hun geloof alleen maar water zien en voelen.'

Orsena's lippen krulden van ingehouden vrolijkheid. 'Het is dus bloed omdat ze willen dat het bloed is.'

'Niet willen,' zei Guyime terwijl hij nog steeds rustig naar de priester keek. 'Het móét bloed zijn, anders is het allemaal maar onzin en hebben ze hun hele leven lang voor een hersenschim gekropen.'

Een betreurenswaardig ongeluk, drong Lakorath aan. Een van de paradoxen van hun bovennatuurlijke verbond was dat het, als het priesters betrof, gewoonlijk de demon was die hem tot voorzichtigheid maande. *En het beste zou zijn hem dat pas over een paar dagen te bezorgen.*

'Welnu, mijn nieuwe exotische vrienden.' Heer Anselm was een en al enthousiaste voorpret toen hij na afloop van de religieuze plechtigheid op zijn paard naar ze toe reed. 'Op weg! Ik heb zin om alvast op verkenning te gaan, dus wees zo vriendelijk op de karren te letten.'

'Mijn Heer, het zou beter zijn als u het verkennen aan mij en mijn metgezellen overliet,' antwoordde Guyime vlak. Hij dwong zichzelf geduldig te blijven. Hij knikte naar Zoeker, die even verderop stond. 'Er is geen geur of spoor dat zij niet oppikt.'

'Dank je, kapitein.' Anselm bleef stralend glimlachen en knikte naar Guyime. 'Maar dit is niet mijn eerste gevaarlijke tripje. Ik heb in drie oorlogen meegevochten en op meer beesten gejaagd dan ik kan tellen.' Hij lachte, wendde zijn indrukwekkende zwarte strijdros en reed weg in een wolk van stof en graspollen.

'Jong, dwaas en arrogant,' zei Orsena. Ze kwam naast Guyime lopen toen de voermannen hun teugels lieten klappen en de ossen in beweging kwamen. 'En toch voert hij het bevel over al deze mensen.'

Ze liepen een tiental passen van de karren die de hoofdkolonne van de geordend marcherende huurlingen over de weg naar het oosten volgden. Galvin was, naast Anselm, de enige die te paard ging en hij bleef bij de manschappen. Guyime kon zien dat hun gedisciplineerde houding te danken was aan de manier waarop de jonker hun gelederen in de gaten hield, met een scherpe, bijna roofdierachtige blik. Heer Anselm mocht dan de hoogste in rang zijn, het was Guyime volkomen duidelijk aan wie deze mannen écht gehoorzaamden.

'Geboorterecht bepaalt de status van de mannen en vrouwen hier,' legde Guyime aan Orsena uit. 'Ik dacht dat je dat concept wel zou kennen, Ultria.'

Orsena fronste lichtjes geamuseerd, zoals ze altijd deed wanneer ze weigerde in te gaan op een van zijn plagerijen. 'De Exultia planten zich zo zelden voort dat zulke ideeën inderdaad nogal vreemd zijn aan Atheria,' antwoordde ze. 'En hoewel de werkelijke macht in handen is van één enkele kaste, zijn we niet zo dom om risico's te lopen die we beter aan anderen kunnen overlaten. Behalve natuurlijk in mijn geval.' Ze keek Guyime aan met een verwarrende, oogverblindende glimlach. 'Aangezien mijn persoontje zo vreselijk uitzonderlijk is.'

⬩⊷ ⇒◈⇐ ⊶⬩

*V*ader Lothare verscheen die avond bij hun kampvuur. Hij stapte onaangekondigd uit de duisternis en ging tussen Zoeker en Lorweth zitten. 'Dat ruikt goed,' zei hij bij wijze van introductie, en hij knikte naar de kookpot die boven het vuur hing. 'Mag ik een beroep doen op jullie liefdadigheid, broeders en zusters?' Hij overhandigde zijn lege kom aan Lexius, die zich bezighield met het schapenstoofvlees dat in de pot stond te dampen.

Ze hadden hun kamp op enige afstand van de rest van het leger opgeslagen. Guyime verkoos een lage heuvel boven een plaatsje tussen de karren. Na een paar mijl marcheren in oostelijke richting was de weg aanmerkelijk slechter geworden en vervallen tot een vaalbruin karrenspoor door meestal onbewerkte velden. Guyime herinnerde zich van alle veldslagen die hij hier ooit leverde hoe tergend vlak dit land was. Zulk kaal terrein deed elk risico op een hinderlaag teniet, maar zorgde er ook voor dat zijn vijanden hem al van mijlenver zagen aankomen. De onderwerping van deze regio betekende maandenlange geforceerde marsen die meer levens eisten dan de eigenlijke veldslag.

'Zolang je maar niet van plan bent eerst te bidden,' antwoordde Guyime. De opzettelijke sneer was bedoeld om vader Lothare boos te krijgen en zijn vroomheid uit te testen. Dat mislukte, in beide opzichten, want Lothare lachte alleen maar toen Lexius hem zijn met schapenstoof gevulde kom weer overhandigde.

'Ik heb genoeg gebeden voor vanavond, kapitein,' zei de priester terwijl hij Lexius met een glimlach bedankte.

'Al het onheil afgewend, dus?' Guyime gaf zijn stem opzettelijk een zure klank mee. 'Heer Anselm schijnt de illusie te koesteren dat gebeden alleen wel voldoende zijn om ons tegen die epidemie te beschermen.'

De priester negeerde het opnieuw. Hij proefde voorzichtig van de stoofpot en schonk Lexius een waarderend knikje. 'Je kunt goed koken voor een geleerde,' zei hij. 'Hoewel ik geloof dat de correcte term in dit geval "Lexius" is?'

'Dat is zowel mijn naam als mijn functie,' beaamde Lexius. 'Dat heeft u goed gezien, vader.'

'Eerder gehoord dan gezien. Ik hoor een duidelijk Carthulaanse tongval, maar zo ongepolijst dat die alleen in de slavenverblijven kan zijn opgedaan.' Hij nam nog een hap van het gestoofde vlees. 'Niet beledigend bedoeld.'

'Ben je in Carthula geweest?' vroeg Guyime.

'Jazeker. In mijn jonge jaren liep ik mijn pelgrimstocht naar het land van de Eerste Wederopstanding, een reis die me over alle Vijf Zeeën bracht. Ik weet dus ook dat deze fraaie dame' – Lothare knikte naar Orsena – 'ondanks haar huidskleur en de afwezigheid van een masker lid is van de hoogste kaste van de prachtige stad

Atheria. Die druïde die me zo boos aankijkt is een Mareth, hoewel zijn bleke teint en kleding wijzen op iemand die veel gereisd heeft. De jageres komt van een van de clans van beestenbezweerders ten zuiden van de Tweede Zee. Haar kat vind je alleen in de woestijnen rond Salish. En dan ben jij er nog, kapitein…'

De priester fronste diep terwijl hij op zijn schapenvlees kauwde en over Guyime nadacht. 'Ik moet bekennen dat jij een heel stuk moeilijker te plaatsen bent.' Zijn schattende blik en het gebrek aan bezorgdheid over wat zijn woorden teweeg zouden kunnen brengen, deden Guyimes ingewanden samentrekken. Hij voelde zijn zwaardhand al jeuken.

Liever een betreurenswaardig ongeluk, mijn Heer, waarschuwde Lakorath.

'Beschermen ze ons echt tegen de epidemie?' vroeg Orsena, om de priester af te leiden. 'Die gebeden, bedoel ik.'

'Gebeden zijn voor de ziel, Edele Vrouwe, terwijl een plaag beslist iets van het lichaam is. Toch verwaardigen de Wederopstandelingen zich soms om de gelovige te hulp te schieten in tijden van ziekte en ontbering.'

'Dus hoe geloviger ze zijn, hoe groter de kans op… goddelijke interventie?' Orsena's vragende gezichtsuitdrukking bevatte een duidelijke uitdaging die, anders dan de eerdere plaagstootjes van Guyime, ook echt een snaar raakte.

'Het ware geloof vindt men alleen in de diepten van de ziel,' antwoordde vader Lothare. In zijn stem was een defensieve ondertoon geslopen. 'Uiteindelijk kennen alleen zij die weer zijn opgestaan de waarheid, maar…' De gedachten en de blik van de priester dwaalden af naar de tent van Heer Anselm. De vlag met het familiewapen van de ridder – een adelaar met gespreide vleugels en een welp in zijn klauwen – klapperde aan een mast die uit de tent stak. '… er zijn ook andere vormen van devotie, en andere vormen van geloof.'

'Het is dus waar?' vroeg Guyime. 'Hij heeft deze hele onderneming op touw gezet om het hart van een vrouw te winnen?'

'Als je ooit een glimp van Vrouwe Elsinora van Ellgren opgevangen zou hebben, zou je het misschien begrijpen.' Lothares gezicht versomberde en hij richtte zijn aandacht weer zorgelijk peinzend op zijn eten. 'Zo vurig van iemand houden en die liefde niet beantwoord zien, dat is erger dan de ergste vervloeking die een demon over iemand zou kunnen afroepen.'

Daar zou ik nog niet zo zeker van zijn, liet Lakorath weten.

'Deze missie was dus het idee van de jongedame,' zei Guyime. 'Een manier om van een ongewenste aanbidder af te komen?'

'Ze had ook gewoon nee kunnen zeggen,' merkte Orsena op.

'Dat deed ze ook,' verzekerde Lothare haar. 'Heel vaak. Maar verliefde jongelingen zijn de doofste wezens ter wereld. Eerlijk gezegd geloof ik dat deze queeste het idee van haar moeder is geweest. Heer Anselm zou voor vele jongedames een prima vangst zijn geweest, maar Elsinora was altijd al bestemd voor een koninklijk huwelijk.'

'Dan maakt het dus helemaal niets uit of hij Fort Swartfuyr een jaar in handen weet te houden,' concludeerde Guyime. 'De familie van Vrouwe Elsinora zal hoe dan ook geen huwelijk toestaan. Dit is een hopeloze onderneming. Wat de vraag oproept waarom jij dan hier bent, vader. Dom ben je niet, volgens mij.'

Lothare bleef een tijdje op zijn schapenstoofvlees kauwen met een zorgelijke frons op zijn voorhoofd. 'Mijn pelgrimstocht bracht me in vele landen,' zei hij. 'Ik heb veel gezien, vele duistere dingen ook. Ik heb geleerd dat het kwaad zich schuilhoudt in de schaduwen van deze wereld. Het is mijn rol, als priester van een kerk die licht wil brengen in de duisternis, om het kwaad uit te bannen. Als de verhalen kloppen wordt Fort Swartfuyr geteisterd door het vreselijkste kwaad. Dus dat is waar ik heen moet gaan.'

Met een minzaam glimlachje wendde hij zich tot Guyime. 'En

dat roept ook de vraag op: waarom ben jij hier, kapitein?'

'Voor het geld en het vooruitzicht op een slachtpartij,' antwoordde Guyime. Hij genoot van het feit dat het hem eindelijk gelukt was een frons van afkeuring op het voorhoofd van de geestelijke te toveren. 'Wat wil een huurling anders?'

Vier

De zieke landen

— ✦ ═✦═ ✦ —

*H*oe verder naar het oosten ze liepen, hoe slechter het weer werd. De koude regen striemde neer uit een voortdurend bewolkte hemel. De weg veranderde van een droge geul door de aarde in een modderige greppel. Hoewel het laat in het seizoen was, had Guyime verwacht veel oogstrijpe gewassen te zien staan. De velden stonden echter vol modderpoelen en hadden duidelijk al in geen weken een ploeg gevoeld. Alle boerderijen en huisjes die ze onderweg tegenkwamen bleken leeg te staan en waren geplunderd.

Niets wat we niet al eens eerder hebben gezien, mijn Heer, merkte Lakorath op, *terwijl het leger langs een verzameling verlaten krotten trok. Herinner je je het jaar van de Grijze Buikloop aan de kust van de Vierde Zee? De lucht was zwanger van de stank van ziekte en lijden. De doden waren zo hoog opgestapeld dat het leek alsof de dorpelingen een berg van lijken probeerden te bouwen.*

'Dat herinner ik me,' zei Guyime. Zijn ogen dwaalden naar vader Lothare, die naast Lexius voortschreed en met hem verwikkeld was in een discussie over Carthulaanse theologie. 'Ze hadden hun eigen priesters die zeiden dat ze alle doden moesten verza-

❧ 51 ❧

melen, zodat de goden de ziekte tot één plek konden beperken. De ratten werden dik en vermenigvuldigen zich. De stank was misschien de ergste die ik ooit gekend heb. En de Grijze Buikloop raasde ongehinderd voort, tot uiteindelijk de regenbuien kwamen en de ziekte verdween.'

Inderdaad, stemde Lakorath in. Hij zuchtte weemoedig en vervolgde, op een iets serieuzere toon: *Is het dan niet vreemd dat ik hier helemaal geen ziekte bemerk? Menselijke epidemieën hebben een heerlijke geur voor ons demonen, maar ik kan er hier zelfs geen vleugje van ontdekken. Het ruikt hier naar angst, zeker, maar waarvoor deze mensen ook gevlucht zijn, het was geen ziekte.*

Guyime zag dat Zoeker halt hield en in haar bekende houding neerhurkte. Hij liep naar haar toe en zag dat de beestenbezweerster haar hand over een modderig lapje grond liet gaan. De regen had de bodem zachter gemaakt, maar het schaarse gras dat eromheen stond bewees dat de aarde hier was omgewoeld. Lissah had zich op flinke afstand teruggetrokken en liep onrustig en met gekrulde staart heen en weer.

'Een graf?' vroeg Guyime toen Zoeker haar neus dichter naar de grond bracht.

'Dat was het,' bevestigde ze. 'Maar nu is het leeg.'

'Geen markering.' Guyime speurde het dorpje af, maar vond geen enkel teken van een kerkhof. Dat was niet ongebruikelijk voor een nederzetting van dit formaat. De mensen van de kleinere gehuchten brachten hun doden doorgaans naar de dichtstbijzijnde kapel voor hun begrafenissen. Voordat de bewoners van dit plaatsje op de vlucht sloegen, hadden ze er kennelijk voor gekozen een lichaam ter aarde te bestellen zonder de aanwezigheid van een geestelijke. Ook de gebruikelijke stapel stenen aan het hoofdeinde van het graf hadden de rouwenden niet achtergelaten. En vooral: iemand had dus achteraf besloten de bewoner van dit graf weer op te graven.

'Aasdieren?' opperde hij. 'Wilde honden trekken weleens een lijk uit de grond. Wolven ook, als ze hongerig genoeg zijn.'

Zoeker schudde haar hoofd. Ze was opgestaan om het omliggende terrein te verkennen en wisselde een korte woordeloze blik met Lissah. Guyime voelde enige aarzeling in de manier waarop de lynx haar tanden ontblootte en naar de stenen muur langs de noordelijke grens van het dorpje draafde. Zoeker ging er gestaag rennend achteraan, en Guyime volgde. Ze sprongen over de muur en staken een onverzorgde akker over; Guyime zag de niet-geoogste knolrapen in de bodem rotten. Lissah kwam ongeveer twintig passen verderop tot stilstand. Ze liep, nu duidelijk nóg geagiteerder, een snel rondje om iets heen en wachtte op Zoeker. De oorzaak van haar opwinding was niet moeilijk vast te stellen.

Het kadaver lag met het gezicht naar de grond. Het vlees was wit gebleekt. Zijn schamele kleren waren grotendeels intact en doorweekt van de regen, maar Guyime kon de donkere vlekken op het ruwe textiel zien zitten. Toen hij dichterbij kwam, stelde hij vast dat het een man was geweest. Oud ook, getuige de diepe rimpels rond het enige oog dat nog zichtbaar was, hoewel de dood de gewoonte heeft dat soort zaken te accentueren. Zijn schaarse tanden lagen als gele kralen tussen lippen die in een doodsgrijns vertrokken waren. Zijn wijd openstaande mond was voor de helft met modder gevuld. Het was alsof hij versteend was in een poging de aarde op te eten.

'Niet te dichtbij komen,' waarschuwde Guyime toen Zoeker naast het kadaver neerhurkte. 'De pest blijft in de botten hangen, ook na de dood.'

'Er is geen ziekte hier,' antwoordde ze. Haar oplettende ogen bestudeerden het lijk van top tot teen.

Zei ik toch? zei Lakorath. Zo te zien heeft het hart van deze vent het een paar dagen geleden opgegeven. En kijk eens naar zijn vlees, nergens hondenbeten of kraaiensporen. Sterker, ik heb al een dag of twee geen vogelgeluiden meer gehoord.

Het geluid van paardenhoeven op vochtig terrein trok Guyimes aandacht. Hij draaide zich om en zag hoe Heer Anselm en Galvin over het veld aan kwamen rijden.

'Hebben we eindelijk een boer gevonden?' vroeg de ridder. Hij hield zijn strijdros in om een korte keurende blik op het lichaam te werpen. 'Het lijkt er niet op dat hij ons veel vertellen zal, hè, kapitein?'

'Nee, mijn Heer,' antwoordde Guyime. 'Maar het graf van deze man is daarginds.' Hij gebaarde naar het dorp. 'Terwijl hij, zoals u ziet, hier ligt.'

'Iemand heeft hem opgegraven,' zei Galvin. Zijn grove gezicht stond grimmig en verwonderd. 'Waarom?'

'Kostbaarheden?' opperde Anselm. 'Mijn eigen boeren plunderen soms ook graven in hun vrije tijd. Waarom zouden de boeren hier anders zijn?'

Galvin schudde zijn hoofd. 'Ik durf er heel wat onder te verwedden dat deze man arm gestorven is, mijn Heer.'

'Rijk of arm, hij heeft nog steeds niets te melden.' Anselm grimaste en greep zijn teugels steviger vast. 'Vader Lothare zal het niet leuk vinden als we hem zomaar op het open veld laten verrotten. Breng hem terug naar zijn graf zodat ze hem de laatste eer kunnen bewijzen en wij weer verder kunnen. Volgens mijn berekening is Fort Swartfuyr nog maar twee dagen hiervandaan.'

Voordat hij wegreed keek de ridder Guyime nog even aan, alsof hij kritiek of protest verwachtte. Toen hij niet meer dan een onverschillige blik opving, knikte hij en gaf zijn paard de sporen.

'Misschien kunnen we beter wat tijd uittrekken om het gebied te verkennen,' zei Galvin nadat hij zijn Heer op zijn galopperende paard had nagekeken. Hij draaide zich naar Guyime om. 'Er klopt hier iets niet.'

'Zeker,' stemde Guyime in. Het voorgevoel van de jonker was juist, maar zou de reis naar het fort ook vertragen. Vanaf het begin van hun veldmars was de kaart van de Cartograaf koppig dezelfde richting op blijven wijzen. Alleen de lelijke vlek naast het meer was stapsgewijs, pulserend gegroeid. Guyime maakte daaruit op dat wat ze aan het einde van deze mars ook te wachten stond met elke dag vertraging groter en sterker werd. En hij twijfelde er ook niet aan dat het verband hield met deze oude man en zijn lege graf.

'En toch,' zei hij daarom tegen Galvin, 'zou het beter zijn stevige muren om ons heen te hebben voordat we dit verder onderzoeken. Het is altijd verstandig eerst aan je eigen defensie te denken voordat je verkenners stuurt.'

Galvin bleef fronsend kijken, maar knikte instemmend. Hij draaide zich om, zette zijn handen aan zijn mond en bulderde naar zijn soldaten dat ze moesten komen om die arme oude klootzak weer in zijn graf te leggen.

✦ ▆◈▆ ✦

De volgende dag vonden ze nog meer lijken. Toen ze Fort Swartfuyr naderden maakte het overwegend vlakke landschap plaats voor glooiende heuvels die hun grotendeels het zicht ontnamen op wat daarachter lag. Bovendien was de gestage regen van de afgelopen dagen tegen de middag veranderd in een harde, striemende hoosbui. Heer Anselm zag daardoor de rij kadavers niet, totdat de hoeven van zijn paard de schedel verbrijzelden van een lijk dat precies op zijn route lag. Hij slaakte een schelle, geschrokken kreet. Galvin gaf zijn mannen meteen bevel een verdedigingsring te formeren; de karren dicht bij elkaar, terwijl de soldaten eromheen gingen staan, hun wapens gericht op de regenbui.

Guyime zag dat Anselm van zijn paard was gestegen en naar het lichaam stond te kijken van een meisje dat niet meer dan vijftien zomers oud kon zijn. Zijn strijdros stond naast hem in de regen te stomen en te briesen, en schraapte met zijn met bloed besmeurde hoef over de grond.

'Ze lag… ze lag daar zomaar,' stamelde Anselm. Hij leek opeens een heel stuk jonger. Zijn gezicht was wit weggetrokken en zijn wijd openstaande ogen knipperden in de regen. 'Ik zag haar niet…'

'Ze is al dagen dood,' zei Zoeker. Ze knikte naar de lijkvlekken op de armen van het meisje. Ze droeg de alledaagse, stevige kleding die de vrouwen die hier de velden bewerkten meestal aanhadden. Dat ze op gewelddadige wijze om het leven was gekomen was duidelijk zichtbaar aan de kleerscheuren in mouwen en lijfje. Ze onthulden vlees dat zwart zag van de geïnfecteerde wonden.

'Zijn dat bijtsporen?' vroeg Guyime aan Zoeker.

'Tanden en klauwen,' antwoordde ze na een korte inspectie van het lichaam. 'Deze is niet van ouderdom gestorven.'

'Wat voor beest doet zoiets?' vroeg Anselm. Guyime zag dat hij zijn teugels met woedende, witte vuisten omklemde. Voor iemand die al zo vaak ten strijde getrokken was, leek deze ridder merkwaardig van zijn stuk gebracht door de aanblik van dit geweld.

Toen Zoeker overeind kwam had ze een ongebruikelijke uitdrukking van verbijstering op haar gezicht. 'Ik herken deze bijtsporen niet. Ik heb mensen gezien die op die manier door hondsdolle apen waren aangevallen, maar dit is iets anders.'

'Hier ligt er nog een!' Lorweth stond een tiental meters verderop, rechts van hen, zijn gestalte nauwelijks zichtbaar in de regen. Toen ze naar hem toe liepen, zagen ze dat zijn gruwelijke ontdekking bestond uit een jongen met kinderlijke trekken, eveneens in boerenwerkkleding. Zijn gezicht was onbeschadigd, maar zijn bovenlijf was nog erger toegetakeld dan dat van het meisje. Kleding en vlees waren zo woest weggerukt dat een groot deel van zijn ribbenkast openlag.

'Mijn Heer...' zei Lorweth kalm. Hij knikte naar een derde bewegingsloos lichaam, iets verderop.

Guyime trok vanachter zijn schouder zijn zwaard tevoorschijn. 'Jij gaat naar rechts,' beval hij de druïde. 'Lexius, Zoeker, jullie gaan met hem mee. Honderd passen, meer niet, daarna komen jullie terug. Ultria, uwe hoogheid...' Hij keek Anselm met een schuin hoofd aan en gebaarde naar de vage contouren van een helling, links van de weg. 'Als u zich bij mij wilt voegen?'

Ongeveer honderd passen lopen leverde de ontdekking op van in totaal zestien lichamen, schijnbaar allemaal gevallen in een wijde, gebogen lijn. Elk lijk was op dezelfde manier toegetakeld en de kadavers waren allemaal in hetzelfde stadium van ontbinding. Guyime tuurde door de regenbui en zag in de verte nog meer lijken liggen, als een grimmige, krom afbuigende processie, ogenschijnlijk zonder einde.

'Het is alsof ze allemaal op hetzelfde moment omgevallen zijn,' zei Orsena. 'Maar hoe kan dat, als ze zo zwaargewond waren?'

'Ze zijn hiernaartoe gesleept en zo neergelegd, Edele Vrouwe,' zei Anselm snuivend. 'Zie je de manier waarop ze liggen? Ik gok dat ze een grote cirkel vormen, een grimmige grens rond Fort Swartfuyr. Het lijkt erop dat een of ander onbekend kwaad niet wil dat we onze bestemming bereiken.'

Guyime kon een flinke hoeveelheid angst ontwaren in de houding van de ridder, maar hij hield die goed onder controle. Zijn redenering leek bovendien te kloppen. Misschien was hij toch niet helemaal onervaren in de strijd.

'Het zijn er zoveel,' zei Orsena terwijl ze naar de krommende lijn kadavers keek.

'Volgens het Zwarte Register van de Verwoester is de vallei van het Stille Water welvarend en dichtbevolkt,' antwoordde Anselm. 'Dat maakt de verovering van dit gebied de moeite waard.'

'Het Zwarte Register van de Verwoester?' vroeg Orsena. Ze

wierp Guyime een behoedzame blik toe.

'Nadat hij de troon veroverd had, gaf de tirannieke koning zijn kamerheer opdracht een inventarisatie te maken van zijn hele koninkrijk,' legde Anselm uit. 'Alles, groot of klein, werd geteld en vastgelegd. Alle bezittingen, tot en met de laatste boon en grasspriet, zo wil het verhaal.'

'Een merkwaardig verstandig besluit van een koning die als waanzinnig bekendstaat,' merkte Orsena op. Guyime kon haar ogen voelen priemen.

'Waanzinnig was hij zeker, Edele Vrouwe,' stemde Anselm in. 'Maar volgens alle verhalen ook hebzuchtiger dan wie dan ook. Om de mensen belastingen op te kunnen leggen, moet je eerst weten wat ze bezitten.'

Guyime wendde zijn ogen af van Orsena's ongemakkelijk vorsende blikken. Hij moest zich inhouden niet een geschiedenisles te gaan geven. In werkelijkheid werd het Zwarte Register niet opgesteld om efficiënter belasting te kunnen heffen, maar vanwege de dienstplicht. Koning Guyime had de ambitie gekoesterd zijn kruistocht tegen de Kerk van de Wederopstanding zelfs voorbij de grenzen van zijn nieuwverworven rijk te voeren. De Verwoester had de Veroveraar willen worden.

'Het was een enorme operatie,' vervolgde Anselm, 'die ook doorging nadat de Verwoester verdwenen was, naar welke welverdiende eeuwige marteling hem ook te wachten stond. Maar de naam bleef hangen. Ook al zijn er sindsdien vele jaren voorbijgegaan, het Zwarte Register is nog steeds de meest nauwkeurige beschrijving van het Noordelijke Koninkrijk.'

Anselm zweeg. Zijn gezichtsuitdrukking verraadde zowel woede als walging bij de aanblik van al die dode boeren. 'Rijke gronden brengen grimmige oogsten voort in roerige tijden,' verzuchtte hij.

'Ze allemaal zo neerleggen moet een hoop werk geweest zijn,' zei Guyime. Hij probeerde zo onaangedaan mogelijk te klinken, maar het noemen van het Zwarte Register had een stortvloed aan verwarrende herinneringen teweeggebracht. Niet iedereen verwelkomde de bemoeizucht van de gezanten van de koning en de Verwoester was er niet voor teruggeschrokken zulk verzet te onderdrukken. 'Werk waaraan heel veel handen te pas moeten zijn gekomen. Een vijand die zoveel mankracht onder zijn bevel heeft, had ons ook gewoon onderweg kunnen aanvallen.'

'Ik ben hier niet onvoorbereid naartoe gekomen, kapitein,' antwoordde Anselm. 'Ik heb vele verhalen verzameld over die rebellen in het oosten. Ze zijn heel sluw en hun wreedheid is legendarisch. Ik zie ze er wel voor aan hun eigen mensen zo af te slachten. Bovendien ontzeggen ze mij op die manier mijn pacht-gelden en de gewassen om ons te onderhouden.'

Anselm verstijfde, en toen zijn ogen over de rij lichamen gingen werd zijn blik hard en resoluut. 'Maar ik laat me niet tegenhouden,' zei hij. 'Ik heb op mijn knieën gezworen, voor de koning en voor het Altaar van de Eerste Wederopstanding, dat ik Fort Swartfuyr een jaar lang bezet zal houden. En dat is wat ik zal doen.'

Orsena keek Guyime met een opgetrokken wenkbrauw aan; haar blik was even medelijdend als minachtend.

'We moeten terug naar onze troepen, Heer,' zei Guyime. 'Als we het fort nog voor het vallen van de avond willen bereiken moeten we hard doormarcheren. Ik heb geen zin ons kamp op te slaan in deze stortbui.'

'Geen twijfels, kapitein?' vroeg Anselm. Hoewel duidelijk ver-blind door de liefde, was de man toch niet helemaal stekeblind. 'Geen woorden van waarschuwing aan het adres van je opdracht-gever?'

Guyime liet het zwaard weer in zijn schede glijden en haalde zijn schouders op voordat hij wegliep. 'U betaalt me niet om te twijfelen, en ook niet voor voorzichtigheid.'

Vijf

De crypte van Swartfuyr

$\bullet$ $\Longleftrightarrow$ $\bullet$

Gelukkig verminderde en verdween de regen tegen de tijd dat ze de top van de heuvels bereikten en de vallei van het Stille Water konden zien liggen. Aan de overkant van het meer verrees Fort Swartfuyr als een donkere stronk uit een traanvormig schiereiland dat omgeven werd door het spiegelende wateroppervlak. Erachter lag een lichtglooiend landschap van omheinde weilanden en dichtbeboste heuvels. Her en der stond een huisje of een schuur. Guyime zag geen rook uit de gebouwen kringelen en in de weilanden stond geen vee. Er klonk, zoals Lakorath al had opgemerkt, geen enkel vogelgeluid.

'Zelfs de Vervloeking was niet zo levenloos,' mompelde Zoeker. De bezorgdheid was in haar ogen af te lezen toen ze het doodse landschap afspeurde. 'Heeft Ekiri dit zo aangetroffen of heeft zij dit veroorzaakt?'

'Vragen die we nog niet kunnen beantwoorden,' bracht Guyime haar in herinnering. 'Misschien wacht ze op ons in Fort Swart-fuyr.'

'Nee, ze is daar niet. Er is daar helemaal niets wat leeft.' Zoeker liet haar hoofd even verdrietig zakken, rechtte haar rug en begon toen de helling af te lopen. 'Net zoals de vorige keren, Pelgrim, we zijn te laat.'

'Te laat waarvoor?'

Guyime draaide zich om. Galvin bleek vlakbij te staan. De jonker was afgestegen en de aarde, die door de regen zacht geworden was, had het geluid van zijn voetstappen gedempt. Lakorath had hem ook niet gewaarschuwd voor zijn aanwezigheid. Een pesterijtje van de demon, veronderstelde Guyime.

'Te laat voor het ritueel van de Jagersmaan,' loog Guyime zonder blikken of blozen. 'Een heilig gebruik onder haar volk, dat alleen aan het einde van een reis gehouden kan houden.'

'Wie is Ekiri?' drong Galvin aan. Hij was duidelijk niet overtuigd. Hij kwam dichterbij en omklemde het gevest van zijn zwaard, zijn gezicht verduisterd door groeiend wantrouwen.

'Een van de goden van de beestenbezweerders.' Een schandalige leugen, aangezien het volk van Zoeker de neiging had zich tegen elke vorm van godsverering te verzetten. 'Ze hoopt ze gunstig te stemmen met een succesvolle jacht.'

'Je hebt een radde tong als het om leugens gaat, kapitein.' Galvins ergernis was duidelijk merkbaar aan zijn ruwe, afgemeten manier van praten en zijn doordringende blik. 'Maar denk niet dat ik een achterlijke domkop ben. Wat is je werkelijke doel hier? Ik heb de beurzen gezien die jullie bij je dragen. Jullie hebben geen rijkdom meer nodig, en ik durf te wedden dat die geleerde en die dame van de hogere klasse nog nooit enig soldatenwerk hebben verricht. Als jullie huurlingen zijn, ben ik een circusaap.'

Guyime gebaarde naar het doodstille landschap. 'Maar jouw Heer, aan wie jij zo ontzettend toegewijd bent, blijft dringend behoefte houden aan zwaardvechters. Nu meer dan ooit. Als je dat niet doorhebt, ben je inderdaad een domkop.'

Galvins lippen trilden van woede, maar hij hield zich in. Zijn ogen schoten naar Anselm. De ridder stond zijn soldaten wat goedgemutste aanmoedigingen te geven. Gebarend naar het fort riep hij: 'Nog maar een paar mijl, mannen, dan vieren we feest!'

'Ik tolereer geen enkele bedreiging aan zijn adres,' gromde Galvin. 'Wat je werkelijke reden om hier te komen ook mag zijn, als die hem in gevaar brengt, op welke manier dan ook, moet je weten dat ik je zal doden, kapitein.'

Normaal gesproken zou Lakorath zich op dit moment in het gesprek gemengd hebben met een vrolijke aanmoediging tot bloedige moord. Kennelijk voelde hij geen echte dreiging uitgaan van de jonker of vond hij de confrontatie niet belangrijk genoeg. Dat gebeurde soms. Als de demon zich verveelde of in beslag genomen werd door zijn onuitputtelijke voorraad herinneringen, vond hij de zorgen van stervelingen alleen maar vermoeiend en de moeite van zijn commentaar niet waard.

Guyime was al evenmin onder de indruk van Galvins dreigement. Hij kon het aantal jaren niet meer tellen, zo lang geleden was het dat hij het geweld van mensen nog vreesde. 'Hoe zit het tussen jullie twee?' vroeg hij terwijl zijn ogen heen en weer gingen tussen de ridder en de rood aangelopen jonker. 'Waren jullie jeugdvriendjes? De zoon van de keukenhulp van het kasteel die het speelmaatje werd van de erfgenaam van de Heer? Zoiets? Is dat wat jullie bindt?'

'Strijd verbindt ons, huurling.' Galvin gaf zijn pogingen om zijn woede te beheersen op en deed een halve stap vooruit, zijn dreigende blik vol gruwelijke beloftes. 'Een ridder die zijn leven op het spel zette om een jongen van lage afkomst te redden, een jongen die zonder enige ervaring moest vechten en niet eens wist hoe hij een hellebaard moest vasthouden – die ridder is mijn dienstbaarheid waard.'

'Zelfs als zijn hopeloze liefde voor een wrede en onverschillige vrouw je hierheen voert?'

Opeens veranderde er iets in Galvins houding en zijn ogen

kregen een andere uitdrukking. Guyimes opmerking had duidelijk doel getroffen. 'Vrouwe Elsinora is niet wreed,' antwoordde hij met raspende stem. 'Waag het niet opnieuw over haar te praten.' De jonker kwam nog dichterbij. 'En wat Heer Anselm betreft, al leidt hij me naar de Hel, ik zal hem altijd volgen…'

'Galvin!' De kreet van Heer Anselm onderbrak het dreigement van de jonker. Hij ploeterde op zijn strijdros naar hen toe en gebaarde ongeduldig naar de heuvels. 'Een van de karren is op de helling in de modder vastgelopen. Los het op, wil je?'

Galvins gezicht verstrakte. Hij gunde Guyime nog een laatste, zorgvuldig van iedere emotie gespeende blik. Daarna boog hij kort voor Anselm. 'Meteen, mijn Heer,' antwoordde hij, en hij reed weg.

<hr />

*F*ort Swartfuyr was een ambitieus bouwwerk; de muren waren vele malen hoger dan die van menig ander kasteel, zelfs die van de rijkste heersers. Guyime, die vele kastelen gekend had, veronderstelde dat die hoogte het resultaat was van de beperkingen van het schiereilandje waarop het was neergezet. De lang geleden gestorven baron Swartfuyr, of waarschijnlijker de door hem ingehuurde architect, had blijkbaar ingezien dat waar weinig ruimte in de breedte was, je beter in de hoogte kon bouwen. Ondanks vele jaren van verwaarlozing behield het kasteel daardoor nog veel van zijn majesteitelijke uitstraling. Toen ze de smalle landtong overstaken die het fort met de kust verbond, kon Guyime echter duidelijk zien dat de imposante muren niet veel meer waren dan de façade van een gebouw dat onmiskenbaar tot een ruïne vervallen was.

De architect van de baron had terecht weinig nut gezien in de aanleg van een slotgracht voor de hoofdingang. De smalle toegang over de landtong zou elke aanvalsmacht een nederlaag bezorgen. De eigenlijke slotpoort was echter verdwenen; grote verroeste scharnieren in het metselwerk vormden het enige bewijs dat die er ooit wel was. Daarachter lag een binnenplaats vol bemoste stenen en opgeschoten onkruid. In het midden daarvan stond een smalle rechthoekige toren. De vestingmuren waren op veel plaatsen ingestort, wat resulteerde in diepe gaten tussen de kantelen. De toren in het midden leek zijn originele hoogte wel behouden te hebben. Guyime concludeerde dat de buitenmuren de ergste aanslagen van de natuurlijke elementen hadden opgevangen en de fundering van de toren hadden beschermd, zodat die ineenstorting bespaard was gebleven.

Desondanks was het hem in één oogopslag duidelijk dat Fort Swartfuyr niet veel meer was dan een onverdedigbare bouwval. Het zou zeker een jaar of langer duren voordat het fort genoeg was hersteld om zelfs maar een kleine aanval af te slaan.

'Fantastisch!' riep Heer Anselm enthousiast toen hij zijn paard onder de lege boog van de slotpoort door leidde. Zijn opgetogen blik op het moment dat hij zijn nieuwe burcht in ogenschouw nam, bewees eens te meer hoe jong hij eigenlijk was. 'Hoger dan enig ander kasteel in het westen, denk je ook niet, Galvin?'

'Dat denk ik wel, mijn Heer.'

'Wat zorgvuldige aanpassingen,' ging Anselm verder terwijl hij afsteeg en de leren handschoenen van zijn handen trok, 'en ik stel me zo voor dat dit meer dan geschikt is.' Hij draaide zich naar Guyime om en trok een wenkbrauw op. 'Nietwaar, kapitein?'

Als Guyime hier was geweest om eerlijke adviezen te geven, had hij deze dolende ridder aangeraden het kasteel onmiddellijk te verlaten en weer naar huis te gaan. Als hij per se wilde blijven, kon hij beter wat bomen omhakken en een houten palissade neerzetten op de hoogste heuvel in de omgeving. Daar zou hij meer aan hebben dan zijn troepen op te sluiten in deze krakkemikkige muizenval. Maar omdat eerlijkheid nu niet zijn doel was, was Guyimes antwoord dat ook allerminst.

'Zorgvuldige aanpassingen, inderdaad, mijn Heer,' stemde hij in met een wijs knikje. 'Mijn mensen zullen, met uw toestemming, het kasteel nader inspecteren. Niemand heeft zo'n goed oog voor bouwtechniek als Lexius. Hij zal voor morgen een lijst opstellen van de meest dringende herstelwerkzaamheden.'

'Uitstekend.' Anselm sloeg zijn handschoenen in zijn handpalm. 'Dan ga ik de kanteelmuren even inspecteren. Om een indruk te krijgen van de omgeving, nietwaar? Galvin, zorg dat de mannen zich installeren en laat ze ophouden met die angstige praatjes. Daar hoor ik er te veel van de laatste tijd.'

'Ik zal ervoor zorgen, mijn Heer.' Het antwoord van de jonker kwam meteen en klonk kordaat, maar zijn wantrouwige ogen bleven op Guyime rusten. 'Nadere inspectie, hè?' vroeg hij zodra Anselm was weggelopen om de trappen van de verbrokkelde kanteelmuren te beklimmen. 'Wat zoek je?'

'Alleen maar de goedkeuring van de man die mij betaalt.' Guyimes ogen beantwoordden Galvins doordringende blik. Hij begon de intelligentie en het instinct van deze man steeds lastiger te vinden. 'En jij hebt jouw bevelen, schildknaap.'

Galvin wierp hem een blik vol ingehouden woede toe alvorens zich naar een groepje soldaten om te draaien en hen met een reeks bevelen te bombarderen. Guyime zorgde ervoor dat hij buiten gehoorsafstand was voordat hij Lexius en de anderen bij zich riep.

'Waar de kaart van de Cartograaf ons ook naartoe geleid heeft, het ligt waarschijnlijk ergens daar,' zei Guyime met een knikje naar de toren. 'Het zou beter zijn als niemand anders getuige was van het moment waarop we het vinden. Meesterdruïde, wees zo goed om hier te blijven en een of twee stormen op te roepen als afleidingsmanoeuvre, mocht er iemand te dichtbij komen terwijl wij nog bezig zijn.'

'En als we het gevonden hebben?' vroeg Orsena. 'Wat het ook moge zijn?'

'Het is een zwaard,' zei Zoeker met een verbeten gezichtsuitdrukking. Haar stem klonk vlak en teleurgesteld. 'Als Ekiri hier geweest is, is ze niet gebleven. Dat zou ik weten. Hij denkt hier een ander zwaard te vinden.'

'Ook als dat zo is,' zei Orsena, 'mijn vraag blijft: wat dan?'

'Zodra we het zwaard hebben,' antwoordde Guyime, 'hebben we waarvoor we gekomen zijn. De kaart zal ons vertellen wat de volgende stappen zijn. Ik weet zeker dat die...' – hij pauzeerde om Zoeker een bemoedigende grimas toe te werpen – '... ons naar Ekiri zullen leiden.'

'Je bedoelt dat we alleen het zwaard pakken en deze mannen aan hun lot overlaten?' Op Orsena's gladde voorhoofd verscheen een frons van afkeuring. 'Nadat we geld aangenomen hebben om ze te beschermen? Je hoeft geen helderziende te zijn om een slecht voorgevoel te hebben over deze plek. Zelfs de lucht riekt naar verdoemenis. Ik mag dan geen natuurlijk geboren kind van Atheria zijn, uwe hoogheid, maar ik ben nog steeds Atheriaanse. In mijn stad staat een contract ergens voor.'

'Ja,' riposteerde Guyime. 'Meestal staat het voor uitbuiting en onderdrukking door een kaste die boven alle wetten verheven is. We zijn nu niet in jouw stad, Ultria, en deze mannen gingen ook zonder onze hulp hun noodlot al tegemoet. Onze missie is belangrijker dan de illusies van een hopeloos verliefde ridder.' Hij draaide zich om naar Lorweth voordat ze kon antwoorden. 'Meesterdruïde, houdt de wacht.'

*Z*oals te verwachten viel was het interieur van de toren heel donker; ze hadden fakkels nodig om zich te oriënteren.

'De trappen en de bovenverdiepingen lijken in elk geval intact,' constateerde Lexius. De weerkaatsing van het fakkellicht op zijn brillenglazen gaf hem een uilachtig voorkomen. Hij liep rond in de hal die het onderste niveau van de toren besloeg. 'De constructie is een stuk robuuster dan die van eender welk gebouw in Carthula,' voegde hij eraan toe. Hij streek met een hand over de muren die van grote blokken donker graniet vervaardigd waren. 'Dit kan eeuwig blijven staan.'

'Niets blijft eeuwig staan,' antwoordde Guyime. 'Als je maar lang genoeg leeft, kun je zelfs ooit reusachtige standbeelden en tempels tot stof zien vergaan.'

'... of koninkrijken die eens een waren ten onder zien gaan in oorlog en wetteloosheid,' zei Orsena duidelijk geïrriteerd.

Guyime wist niet of haar ergernis voortkwam uit de discussie die ze eerder voerden, of uit het feit dat ze niet langer een positie bekleedde van onbetwiste autoriteit.

'Inderdaad,' zei Guyime. Hij besloot dat het weinig zin had haar nog verder tegen zich in het harnas te jagen. Hij hield zijn fakkel hoger, zodat er meer zichtbaar werd van de omgeving. Hij herkende het belangrijkste vertrek van het fort, de grote zaal waar de baronnen van Swartfuyr, nu lang uitgestorven, ooit bijeenkwamen om beraad te houden of de smeekbedes aan te horen van hun lijfeigenen en boeren. De prachtige tapijten die ooit deze wanden bekleedden lagen nu ongetwijfeld als stof op de plavuizen, samen met de lange tafels en stoelen waarop familie en vazallen hadden feestgevierd. Guyimes eigen troonzaal was groter geweest, want aan rijkdom had het zijn familie niet ontbroken, maar de overeenkomsten riepen toch onverwachte herinneringen op.

Hij herinnerde zich hoeveel plezier Loise had gehad in het voorbereiden van de feestelijkheden. Dat was een taak die hij graag aan haar overliet, aangezien hij het zelf zo vervelend vond. Ze besteedde speciale aandacht aan de verdeling van de zitplaatsen, zodat vrienden voor het leven soms heel zorgvuldig in de buurt werden gezet van tijdelijke vijanden. In andere kastelen zou dit tot conflicten hebben geleid, maar slechts weinig mensen ontstaken in woede in het bijzijn van Loise. Zij bezat de gave om zelfs de meest bittere twisten met een paar woorden op te lossen. Guyime heerste over Slot Mathille, maar het enige écht waardevolle wat ooit binnen die muren gebeurde was het werk van zijn vrouw – niet dat dat haar van de brandstapel redden zou.

'Hier is een andere trap,' zei Lexius. Zijn fakkel onthulde een smalle doorgang en stenen traptreden die naar beneden voerden.

Guyime was de geleerde dankbaar voor zijn echoënde stem; die stelpte de opkomende golf pijnlijke herinneringen.

'Wat doen we?' vroeg Orsena. Met nadenkend getuite lippen keek ze eerst naar de keldertrap en daarna naar het plafond. 'Naar beneden of naar boven?'

'Naar beneden,' zei Guyime terwijl hij door de deuropening stapte. 'Altijd naar beneden.'

De trap daalde met een zwakke bocht af in de ingewanden van het fort. Guyimes jarenlange ervaring met ondergrondse ruimtes wekte verwachtingen van dikke spinnenwebben en rondscharrelende ratten, maar toen ze het lage vertrek onderaan de trap bereikten bleken de gewelven onder Fort Swartfuyr net zo levenloos als de rest van het kasteel.

'De crypte van de familie Swartfuyr, neem ik aan,' zei Lexius. Het licht van hun fakkels onthulde een rij sarcofagen. Op het deksel van elke zware stenen doodskist prijkte het reliëf van een ridder met een zwaard. De dichtstbijzijnde was het meest geslaagd qua vakmanschap.

'De vader van de spookachtige Heer Orwin,' zei Lexius peinzend. Zijn blik gleed over het familiewapen dat boven het bebaarde gezicht in steen was uitgehakt.

Guyime voelde een lichte steek van teleurstelling. Hij had, sinds het begin van deze reis, de stille hoop gekoesterd dat het Heer Lorent Athil gelukt zou zijn, zijn langgekoesterde wens in vervulling te brengen en het vervloekte fort in bezit te nemen. Hij hoopte dat de nobelste ridder die hij ooit gekend had, zich meester had kunnen maken van dit gebied en de vrede had gevonden die hij tijdens zijn leven moest missen. Nu werd duidelijk dat, áls Lorent hier ooit geweest was, hij geen behoefte gevoeld had hier te blijven – wat Guyime dan weer niet verbaasde. Zonder de mooie en fiere Vrouwe Ihlene was Lorent voor altijd verloren en op drift.

'Als er hier geesten en spoken huizen,' zei Orsena terwijl ze in de schaduwen om zich heen spiedde, 'lijkt me dit de meest logische plek voor ze om rond te waren.'

Guyime ging verder de crypte in. Zijn blik gleed van de ene ondefinieerbare poel licht en duisternis naar de andere. Hij was eerder in aanraking gekomen met geestverschijningen, maar hier voelde hij hun kille adem niet. Toch hing er onmiskenbaar iets zwaars in de lucht, een onaangenaam gevoel dat duidde op de nabijheid van onzichtbare, misschien zelfs onkenbare gevaren.

'Misschien, mijn Heer, is het niet meer dan een eeuwenoud fabeltje,' suggereerde Lexius. Hij hurkte om de woorden te bestuderen die in de zijkant van de sarcofaag stonden gegraveerd. 'En in dat geval bevinden we ons slechts in een lege ruïne.'

'Het is niet leeg,' hield Guyime vol. 'De kaart heeft ons hier niet voor niets gebracht.' Hij zag hoe Lexius van de ene stenen doodskist naar de andere ging; zijn uitvergrote ogen namen elke inscriptie gretig in zich op. 'Iets belangrijks gevonden?'

'Lijsten van veldslagen,' mompelde de geleerde afwezig. 'Lijsten van vrouwen en kinderen. Geen vermelding van mythische zwaarden of demonen.'

'Natuurlijk niet.' Orsena lachte wrang. 'Dat zou ook veel te gemakkelijk zijn.'

'Als ik een zwaard zou willen verstoppen,' zei Guyime terwijl hij een hand op het graf van de recentst gestorven baron Swartfuyr liet rusten, 'lijkt dit me een geschikte plek, vooral in de crypte van een fort dat als vervloekt bekend staat.'

Orsena wisselde een woordeloze blik met hem en liep naar het andere einde van de sarcofaag. Ze greep de rand van het stenen deksel vast. 'Het lijkt me slim om eerst te overleggen wat we ermee doen, mochten we hier werkelijk dat vervloekte demonenzwaard vinden.'

'We nemen het in bezit,' antwoordde Guyime simpelweg.

'Maar om het in bezit te nemen moet je het vastpakken,' zei ze. 'En jij en ik hebben aan den lijve ondervonden wat daarvan de gevolgen zijn.'

'Deze missie is vooral mijn verantwoordelijkheid. Als iemand het volgende zwaard moet hanteren, dan zal ik dat zijn.'

'Denk je echt dat je het aankunt om de stemmen van twéé demonen in je hoofd te hebben?'

'Als ik deze aankan, kan ik alles aan.'

Guyime wachtte op Lakoraths zure repliek, maar de demon in het zwaard zei helemaal niets. Lakorath was weliswaar soms geneigd tot lange mokkende stiltes, maar Guyime realiseerde zich dat deze stilte al aanzienlijk langer duurde dan normaal. En als iets Lakorath commentaar had moeten ontlokken, dan was het wel het vooruitzicht zijn sterveling te moeten delen met een andere demon.

'Wacht,' zei Guyime op het moment dat Orsena zich schrap zette om het deksel weg te schuiven. Hij reikte achter zijn schouder en trok het Zwaard Zonder Naam uit de schede. Het staal glansde in het licht van de fakkels. Het zwakke maar voortdurende gonzen van zijn bovennatuurlijke kracht was echter verdwenen. Er was ook geen spoor van zijn magische gloed.

'Heeft zij iets tegen jou gezegd, onlangs?' vroeg hij Orsena. Hij knikte naar het Bezweringszwaard aan haar heup.

'Al een tijdje niet,' zei ze. 'Ik vond het eigenlijk wel een soort opluchting…' Haar stem stierf weg toen het besef bij haar begon door te dringen. Ze trok het korte gebogen zwaard en streek met een hand voorzichtig langs het lemmet. 'Niks,' mompelde ze. 'Ik voel helemaal niks.'

'Lexius?' Guyime draaide zich om naar de geleerde. Zijn kleine gestalte was helemaal verstijfd en zijn hand lag bevend op het gevest van de Krakentand.

'Ik dacht…' Hij probeerde, ondanks zijn overduidelijke angst, de woorden uit zijn keel te persen. 'Ik dacht dat ze misschien… uitrustte.'

Guyimes blik schoot terug naar het Zwaard Zonder Naam. Het zag eruit als een voortreffelijk oud wapen, scherper dan een scheermes en perfect in balans, maar het was nu niet meer dan een stuk geslepen staal. Er welde een lach in hem op die, om redenen die hij niet begreep, echter niet van zijn lippen wilde rollen. Hoe vaak en hoelang had hij niet gewenst bevrijd te worden van die stem in dat zwaard? Nu hij weg was, vond hij het gevoel opeens verontrustend. Hij had altijd verwacht dat dit moment als een bevrijding zou komen; in plaats daarvan had hij het ongemakkelijke gevoel aan zijn lot te zijn overgelaten.

'Wat is er?' vroeg Zoeker. Ze keek haar drie metgezellen met een frons van verbijstering aan.

'Het lijkt erop,' antwoordde Orsena, 'dat onze zwaarden nu alleen nog maar… zwaarden zijn.'

'Een gevolg van de vloek die op deze plek rust,' zei Guyime. 'Of een of andere vorm van betovering. Dat moet wel. Een beschermende spreuk tegen demonische magie, misschien.'

'Calandra is geen demon,' sprak Lexius hem tegen. Hij had de Krakentand tevoorschijn getrokken en keek naar het levenloze metaal dat in de palmen van zijn handen rustte.

'Sporen van de demon die vóór haar in dat zwaard woonde moeten er nog zijn,' zei Guyime. 'Daarom kan zij haar ziel aan het wapen verbinden. Ik vermoed dat de macht van onze zwaarden geblokkeerd zal blijven zolang we hier zijn.' Er kwam nog een andere gedachte in hem op toen hij het zwaard in zijn hand bekeek, het zwaard dat hij niet kon laten vallen, het zwaard dat hij niet weg kon werpen, hoe hard hij dat ook probeerde, al tientallen jaren lang.

Hij sloot zijn ogen, haalde diep adem en opende zijn hand.

Niets. Geen geluid van vallend metaal op de stenen. Geen vlaag van opwinding. Hij opende zijn ogen weer en zag dat zijn hand nog steeds het zwaard omklemde. Hij zette zijn tanden op elkaar, deed nog een poging, probeerde met ingespannen, trillende armen zijn vingers te openen... Tevergeefs.

'De demonen en hun magie zijn geblokkeerd,' verzuchtte hij toen de bittere realiteit tot hem doordrong. 'Maar de vloek die ze aan ons bindt is er nog steeds.'

'Hoe kan dat?' vroeg Orsena. Ook haar zwaard bleef stevig in haar greep, ondanks haar verwoede pogingen het van zich af te schudden.

'De demonen hebben zichzelf niet vervloekt,' zei Lexius. 'En dat deed Calandra ook niet. De kracht die hun geest in deze zwaarden gevangenhoudt is door iemand anders gesmeed. En díe magie wordt niet geblokkeerd door welke bezweringsspreuk hier dan ook heerst.'

De grote ogen van de geleerde glansden bezorgd toen hij Guyime aankeek. Achter de bolle glazen van zijn bril welden tranen op. 'We kunnen niet in dit fort blijven, Heer. Ik laat me niet van mijn vrouw scheiden, niet opnieuw.'

'Dat gebeurt ook niet,' beloofde Guyime. Hij schoof het Zwaard Zonder Naam in zijn schede en richtte zijn aandacht weer op de sarcofaag. 'We pakken waarvoor we gekomen zijn en daarna maken we dat we wegkomen. Ultria?' Hij gebaarde naar Orsena. 'Als jij er ook klaar voor bent?'

Het was vooral aan Orsena's bovenmenselijke kracht te danken, en een beetje aan die van Guyime, dat het deksel al snel opzijschoof. In de stenen doodskist lagen botten in een harnas. De schedel van baron Swartfuyr grijnsde hen toe met gele tanden en lege ogen. Hij droeg een primitieve helm en zijn handen waren op zijn borst over elkaar gelegd. In zijn roestige handschoenen hield hij een zwaard.

Guyime brak oude botten en eeuwenoud aardewerk toen hij zich in het graf vooroverboog en het zwaard uit de handen van de ridder trok. Hij haalde het wapen uit de gebarsten leren schede. 'Niet meer dan een gewoon lang ridderzwaard,' mompelde hij teleurgesteld.

'Als alle demonische magie hier geblokkeerd wordt,' zei Lexius, 'hoe weten we dan of dit zwaard vervloekt is of niet?'

'Dat weten we niet,' gaf Guyime toe. 'Maar deze decoraties zijn te modern. Elk van de Zeven Zwaarden die we tot nu toe hebben gevonden was duidelijk eeuwenoud. En bovendien' – hij draaide het zwaard in het licht van Lexius' fakkel om de roestvlekken op het metaal te laten zien – 'verouderen en roesten ze nooit. Dit is niet het goede zwaard.' Hij gromde gefrustreerd en gooide het terug in de chaotische berg botten van zijn vorige eigenaar.

'Er zijn andere doodskisten,' merkte Orsena op. 'Die bevatten vast andere zwaarden.'

Een knagend voorgevoel vertelde Guyime dat een inspectie van de overgebleven sarcofagen grotendeels hetzelfde resultaat zou opleveren. Ze hadden echter geen enkel ander spoor, dus hij knikte en liep naar de volgende doodskist. Hij bleef staan toen in de crypte opeens een schelle, beschuldigende stem weerklonk.

'Zijn jullie helemaal hiernaartoe gekomen, alleen om de graven van de doden te ontheiligen?'

Het bebaarde gezicht van vader Lothare was een en al vrome verontwaardiging toen hij in het licht stapte. Achter hem zag Guyime ook Lorweth de trap af komen; hij hield een hand over zijn bloedende neus.

'Hij heeft snelle vuisten voor een priester, hoogheid,' legde de druïde uit met een spijtige en nasale stem. 'En je kunt geen storm oproepen als je op je gat ligt.'

'Dit gaat jou niet aan, vader,' zei Guyime. Hij schudde afwijzend zijn hoofd. 'Wegwezen hier.'

'Wat is dit voor smerige toestand?' wilde Lothare weten. Hij liet zich niet weerhouden en wierp een blik in het openstaande graf, nieuwsgierig en vol van rechtschapen woede. 'Hoopten jullie wat rijkdommen voor jezelf achterover te drukken? Is dat het? Hoe durven jullie de laatste overblijfselen te schenden van iemand die begraven werd volgens de heilige rituelen van de kerk?'

Als Lakorath nog adviezen had kunnen geven, zou hij Guyime er ongetwijfeld op pijnlijke wijze aan herinnerd hebben zijn gewelddadige impulsen te bedwingen. De stilte van de demon ontketende hem op meer dan één manier. De morele verontwaardiging van deze verrotte hypocriet was als de vonk die het voortdurend smeulende kruitvat van Guyimes haat tegen de kerk tot ontploffing bracht – en ditmaal was er geen kritisch duiveltje om hem in bedwang te houden.

'Ik laat me door jouw soort de les niet lezen over goed en kwaad,' siste Guyime met een diepe fluisterstem. Hij stapte op Lothare af en voelde het jeuken van zijn vingers veranderen in een vurige razernij. Ditmaal zou hij het zwaard niet gebruiken.

Ditmaal verlangde hij naar de duistere bevrediging en intimiteit van zijn eigen handen om de keel van de priester. Toen hij nog koning was, vermaakte hij zich regelmatig met het wurgen van gevangengenomen geestelijken.

'Guyime!' riep Orsena met scherpe stem. Ze ging tussen hem en de priester in staan. 'Wat bezielt je?' Ze keek hem met angstige, vragende ogen aan, alsof ze opeens een volkomen onbekende zag.

Zijn eerste impuls was haar opzij te schuiven. De eerste aanraking met haar schouder herinnerde hem er echter aan dat ze, hoewel ze een stuk kleiner was dan hij, niet minder onbeweeglijk was dan een granieten muur. 'Ik laat me niet veroordelen,' zei hij. De oude woede kookte en vrat zich als een ziekte door zijn ingewanden. Zijn ledematen schokten. 'Niet door een priester...'

Het conflict zou zeker verder uit de hand gelopen zijn als ze niet plotseling het gedempte kabaal hadden gehoord van schreeuwende stemmen boven hen. Nog luider was het hoorngeschal, kort daarop gevolgd door de stem van Galvin, die langs de traptreden naar beneden galmde: 'Kapitein! Kom hier met je IJzerhonden! We hebben jullie boven nodig!'

Zes

Ogen van groen vuur

Het gezicht van de soldaat was als bevroren, bijna zo wit en bewegingsloos als dat van een kadaver, op het knipperen van zijn opengesperde, angstige ogen na. Hij zat op een houten vat op de binnenplaats, merkte de fles brandewijn niet op die vader Lothare hem aan de lippen zette en reageerde op geen enkele vraag.

'Alles is goed, Iervo,' verzekerde de priester hem zachtjes. 'Je bent nu veilig, jongen. Drink iets. Neem je tijd en vertel.'

Maar Iervo, een robuuste kerel met de littekens en versleten wapenrusting van een oorlogsveteraan, leek niet in staat nog iets te zeggen. Ook op het noemen van zijn eigen naam reageerde hij niet. De royale hoeveelheid smurrie die de man bedekte was veelzeggend genoeg, vond Guyime. Zijn kleding was donker van het bloed en bespat met stukken vlees en bot.

'Hoeveel man had je met hem meegestuurd?' vroeg Guyime aan Galvin.

'Twee maar,' antwoordde de jonker. 'Aginor en Franick. Een kort stukje lopen door het bos aan de rand van het meer om brandhout te verzamelen.'

'Niet kort genoeg.'

Guyime liep naar de lege boog van de hoofdpoort en staarde voorbij de landtong naar de begroeiing langs het Stille Water. De nacht naderde nu snel en de bomen waren veranderd in een blinde muur van allesverhullende schaduwen. Het was weer net zo stil als voorheen. Het meer deed zijn naam eer aan, want er was nauwelijks een rimpeling op het wateroppervlak om de weerspiegeling van bos en hemel te doorbreken.

'Geuren?' vroeg hij aan Zoeker, die naast hem kwam staan.

'Ze ruikt vers bloed in de lucht,' zei de beestenbezweerster. Lissahs lenige gedaante lag om haar voeten gekruld en de lynx ontblootte steeds opnieuw haar tanden. 'En ook iets anders...' Zoeker kreeg een behoedzame blik in haar ogen toen Galvin en Anselm zich bij hen voegden om het terrein buiten het fort te inspecteren.

'Verderf,' zei Zoeker nadat Guyime haar met een knikje toestemming had gegeven om door te praten. 'Ze ruikt dode dingen, zoals de oude man die uit zijn graf was gehaald. Maar dan erger, nog rotter.'

'Ik durf te wedden dat er nu in geen tien mijl nog een levende ziel te bekennen is,' zei Galvin. Hij tuurde naar het duistere landschap. 'Een hinderlaag leggen en zich daarna terugtrekken, zo doen rebellen dat.'

'Geen levende ziel,' was Zoeker het met hem eens. 'Maar er is wel iets, daarginds, wachtend, toekijkend...'

Guyime kon de beestenbezweerster gewoonlijk niet op angstige gevoelens betrappen, maar hij zag die nu in de huivering die ze niet langer verbergen kon.

'Dit is een valstrik, Pelgrim,' zei ze rustig. 'Een val, en we zijn er met open ogen in gelopen.'

'Een val?' Woede verduisterde het gezicht van Anselm en hij kon zich nauwelijks inhouden terwijl hij naar de verre oever staarde. 'Geen enkele rebel houdt me gevangen in mijn eigen fort. Ik zal mijn mannen wreken. Eerlijke soldaten, vermoord door dat verraderlijke tuig.'

'Opgegeten, mijn Heer,' mompelde Iervo, toonloos en zonder dat zijn gezichtsuitdrukking veranderde. 'Ze zijn opgegeten...' Op zijn gezicht verscheen een lichtelijk verbaasde uitdrukking, alsof hij zich een mop herinnerde met een clou die helemaal niet grappig was.

'Opgegeten door wat, jongen?' vroeg de priester, maar Iervo bleek niets meer te kunnen of willen vertellen. Guyime had in zijn tijd genoeg gezichten gezien van krankzinnig geworden mannen om te weten dat geen enkele geduldige aandrang hem weer bij zinnen zou brengen.

'Je kunt hem maar beter goed in de gaten laten houden,' adviseerde hij Galvin, voordat hij zich tot Anselm wendde. 'Mijn Heer, we zullen tot de ochtend moeten wachten voor een verkenningstocht. 's Nachts onbekend gebied binnentrekken is vragen om een hinderlaag. Bij het ochtendkrieken zullen we, met de hulp van Zoeker, de sporen volgen van degene die uw mannen afslachtte en de nodige represailles nemen. Ik stel voor dat we in de tussentijd wachtposten neerzetten om de gaten in de muren te bewaken. Morgen moeten we bomen kappen om barricaden en deuren te bouwen voor deze poort.'

<hr />

*A*nselm, hoewel duidelijk belust op wraak, was gelukkig wel voor rede vatbaar. Bij de gaten in de vestingmuur werden telkens tien wachtposten geplaatst. Ze losten elkaar elke drie uur af, zodat ze tenminste enige rust kregen voor zonsopgang. De soldaten sliepen in de grote hal van de toren, terwijl Anselm en de IJzerhonden de bovenste verdiepingen bezetten. Een inspectie van de trap onthulde een aanzienlijke hoeveelheid gebarsten metselwerk, maar de traptreden naar boven waren nog stevig genoeg.

Toen Guyime het dak van de toren bereikte, trof hij Lorweth zittend tussen twee kantelen aan. Hij hield een arm uitgestrekt naar een kleine wolk die een rustig wentelende windhoos vormde in het licht van de wassende maan.

'Het lijkt erop dat mijn krachten niet geblokkeerd worden door wat er hier ook heerst, uwe hoogheid,' zei hij opgewekt toen Guyime naast hem kwam staan. 'Dat is tenminste iets, hè?'

Guyime leunde met zijn onderarmen op het metselwerk en keek uit over het roerloze water van het meer. 'De magie van druïden is heel anders dan die van demonen, meen ik me te herinneren.'

'Ik zou het niet weten,' antwoordde Lorweth schouderophalend. Hij liet zijn hand in zijn schoot zakken en de kleine wolk in de lucht vervaagde. 'Nooit veel opleiding genoten in de duistere kunsten, eerlijk gezegd. Ik wilde al heel snel liever rondzwerven, weet je? Dus ik ben meteen op pad gegaan, zonder te profiteren van de wijze lessen van een oude leermeester.'

Hij sprak met typerende laconieke humor, maar Guyime had jarenlange ervaring met het doorzien van dit soort poppenkast.

'Je liegt,' zei hij. 'Ik vermoed dat jouw opleiding behoorlijk uitgebreid is geweest, maar ook hard. Ik heb gemerkt dat dat vaak het geval is, als het erom gaat iets waardevols te leren.'

Hij zag, voordat hij zich omdraaide, een vlaag van wrokkige bezorgdheid op het gezicht van de druïde verschijnen. Geroutineerde leugenaars konden het zelden waarderen wanneer iemand door hun verzinsels heen prikte.

'Het kan me niet schelen, meesterdruïde,' stelde Guyime hem gerust. 'Ik koester geen enkele belangstelling voor je verleden of de ongetwijfeld lange lijst misstappen die je hebt begaan. Wat me wél bezighoudt is de vooralsnog onbeantwoorde vraag waarom je nog steeds bij ons blijft. Je draagt geen vervloekt demonenzwaard en je wordt ook niet betaald; toch blijf je mijl na mijl met ons meereizen.'

'Dat heb ik je in Atheria al verteld, uwe hoogheid.' Lorweth wierp hem een brede, overduidelijk onoprechte glimlach toe. 'Ik ben je veel verschuldigd en ik wil die schuld graag inlossen.'

'Nee, dat is het niet. Ik heb je meerdere keren gezegd dat ik die schuld als voldaan beschouw. Wat trekt je aan in deze jacht, vraag ik me af? Het is niet dat je een van de zwaarden wilt hebben. Je bent niet zo dom te denken dat het bezit van zo'n ding iets anders zou kunnen zijn dan een vervloeking. Dus wat dan wel?' Hij leunde naar voren toen Lorweth geen antwoord gaf. Zijn stem werd harder en dwingender. 'Waarom?'

'Maakt het iets uit?' Lorweth draaide zich naar Guyime om en in zijn ogen vlamde een zeldzame woede op. Beide mannen realiseerden zich dat het evenwicht van magische krachten in hun reisgezelschap opeens veranderd was. De druïde was nu de machtigste van allemaal.

'Het maakt uit,' zei Guyime. Hij weigerde zijn blik af te wenden. 'Want ik vermoed dat ons overleven hier voor een belangrijk deel van jou zal afhangen. Ik ben behendig en heb strijderservaring. Zoeker is misschien de beste boogschutter die ik ooit gezien heb. Lexius is wijzer dan wie dan ook. Orsena kan tien man aan. Maar zonder de magische krachten van onze zwaarden zitten we hier als ratten in de val te wachten tot ze ons te grazen nemen, en ik twijfel er geen moment aan dat ze komen. Wat ik van jou wil weten, meesterdruïde, is: sta je aan onze kant als het zover is?'

De woede in Lorweths blik bleef nog even sluimeren en verdween pas toen hij met zijn ogen knipperde en ze opnieuw ten hemel hief. 'Draden,' zei hij met een zachte zucht. 'Dat, uwe hoogheid, is waarom ik blijf.'

Guyime fronste geïrriteerd. 'Draden?' vroeg hij verwonderd.

'Veel van de betekenis gaat verloren in de vertaling uit het Mareth,' legde Lorweth uit. 'Maar in de taal van het noorden is dat het woord dat er het dichtstbij komt. Het idee dat er een groot web is van onzichtbare draden die alles in de wereld met elkaar verbinden, is de kern van onze druïdefolklore. Gewone stervelingen kunnen het nooit zien of voelen, maar een druïde kan dat wel. Een glimp, misschien een of twee keer in ons leven. Een visioen, een korte blik op een stukje van dat enorme web in alle kleuren van de regenboog. Sommige draden zijn duister. Andere draden glanzen helderder dan de zon. En elke draad leidt ergens naartoe en betekent iets: een lotsbestemming, een gevaar, een zegen. Mijn visioen kreeg ik op die dag op zee, toen je me uit de bek van een haai redde. Op dat moment zag ik het web, heel even. Zoveel draden, met elkaar verweven op een eindeloos complexe manier. Maar er is er een in het bijzonder – eerst helder glanzend, daarna duister – die me aan jou verbindt. Waarom? Ik heb geen idee. Maar ik heb zo'n vermoeden dat ik het te weten kom als we alle zwaarden vinden.'

Hij sloot zijn ogen en liet een lange zucht ontsnappen. 'Je vraagt me waarom ik bij je blijf.' Hij pauzeerde en grinnikte humorloos. 'Dat veronderstelt dat ik een keuze zou hebben. Maar wanneer een druïde zijn draad te pakken heeft, kán hij niet meer loslaten.'

De dingen die Lorweth vertelde deden denken aan de woorden van de Cartograaf toen ze Guyime haar kaart gaf. Ook zij verwees naar het lot van de Zeven Zwaarden dat in het weefsel van de wereld vervlochten was. De laatste tijd, in de stillere uurtjes van de nacht, was Guyime zich gaan afvragen of deze zoektocht niet net zo'n vloek zou worden als de vervloeking die hij ermee hoopte op te heffen. *Is dat wat je aan het doen bent? Een vervloeking opheffen?* Als de stem van Lakorath er nog geweest was, zou de demon hem die treiterende vraag zeker hebben gesteld. En het eerlijke antwoord was dat hij er niet écht van overtuigd was dat het samenbrengen van de zwaarden hem zou bevrijden van het vervloekte demonenzwaard op zijn rug. Hij kon alleen maar afgaan op de woorden van de Krankzinnige God, een hooggeplaatste demon die maar al te graag leugens verkondigde. En toch had hij vanaf het moment dat de Cartograaf haar kaart voor hem openlegde geweten dat hij geen ander pad kon volgen dan het pad dat de kaart hem wees. Hij had zijn eigen draad.

'Het wordt bloedig morgen,' vertelde hij Lorweth toen hij zich omdraaide om naar beneden te lopen. 'Rust wat uit en zorg dat je klaarstaat. We gaan hier niet weg zonder zwaard.'

⚔

*A*nselm stond er de volgende ochtend op te paard uit te rijden, ook al verraadde het feit dat hij de enige ruiter was meteen dat hij de aanvoerder van zijn leger was, wat hem een duidelijk doelwit maakte.

'Ik ben niet bang voor de pijlen van rebellen, kapitein,' zei hij tegen Guyime. Hij verstijfde beledigd, gaf zijn oorlogspaard de sporen en draafde door de poort.

'Pijlen trekken zich niets aan van overmoed,' zei Guyime tegen Galvin, die tijdens deze expeditie aan het hoofd stond van een tiental huurlingen. De rest van het leger was bomen aan het omhakken en barricaden en geïmproviseerde deuren aan het timmeren om de hoofdpoort af te sluiten. Guyime koesterde weinig hoop dat ze voor het vallen van de avond klaar zouden zijn. 'Het zou,' voegde hij eraan toe, 'beter zijn als je onze Heer tot wat voorzichtigheid zou manen, jonker.'

'Onze Heer is zijn eigen baas,' antwoordde Galvin vlak. Hij

blafte zijn soldaten een bevel toe, zodat ze met snelle pas in beweging kwamen.

Guyime wachtte tot Galvin door de poort was en wendde zich toen tot Orsena en Lexius. 'Blijf hier en doorzoek elke vierkante centimeter van die crypte,' zei hij. 'Maak alle doodskisten open en onderzoek elk stukje wapentuig dat je kunt vinden. Als de priester blijft tegensputteren, mag je gerust zijn nek breken en de steile trappen daarvan de schuld geven.'

'Dat zal ik niet doen, hoogheid,' verzekerde Orsena hem. Ze wierp een nadrukkelijke blik op een tweede groep soldaten die zich rond een in doeken gewikkeld lichaam op de plavuizen van de binnenplaats verzameld had. Vader Lothare stond ernaast en reciteerde met gebogen hoofd de gebeden voor de doden. 'Trouwens, onze kerkelijke vriend heeft nu iets anders aan zijn hoofd.'

Guyime gromde instemmend. Galvin had zijn advies opgevolgd en de getraumatiseerde Iervo goed laten bewaken. Enkele uren na middernacht leek de man zijn verstand min of meer te hebben hervonden. Hij had in treurige maar kalme bewoordingen verteld over de kameraden die hij verloren was en hun vele gevechten samen. Omdat ze dachten dat hij grotendeels weer de oude was, lieten zijn bewakers hem zonder escorte het toilet bezoeken. Zodra hij achter de voorhang stond, haalde Iervo het mes tevoorschijn dat hij in zijn laars verborgen hield en sneed zichzelf van oor tot oor de keel door. Guyime raakte er steeds meer van overtuigd dat Iervo niet de laatste zou zijn die in dit fort zou vallen, maar hij was misschien wel de enige die zichzelf doodde.

'Blijf boven op de toren staan,' zei hij tegen Lorweth. 'Houd alles goed in de gaten.'

De druïde was ongebruikelijk zwijgzaam deze ochtend en antwoordde slechts met een gespannen hoofdknik. Guyime begreep dat zijn terughoudendheid het gevolg was van hun gesprek de avond ervoor. Het simpele feit dat ze over zijn inzichten als druide gesproken hadden, was blijkbaar genoeg om zijn humeur te verpesten en zijn lippen te verzegelen.

Guyime verschoof de zwaardriem rond zijn borst en knikte naar Zoeker. Getweeën volgden ze Galvin en zijn mannen. Onderweg realiseerde hij zich iets merkwaardigs: het zwaard voelde zwaarder dan ooit tevoren.

'*M*et bloed doordrenkt,' rapporteerde Zoeker. Ze duwde haar vingers in de bodem. 'Net zoals verderop, maar wel ouder.'

Ze besteedden een hele dag aan een grondige inspectie van het bos waar Galvin de onfortuinlijke Iervo en zijn kameraden heen had gestuurd. Ze vonden geen lichamen, maar wel overvloedige bewijzen van dood en geweld. Het bos was moeilijk doordringbaar, maar de begroeiing werd afgewisseld door open plekken en onderbroken door inhammen langs de oever van het meer. Op de open plekken waren talrijke huisjes te vinden. In de inhammen dobberden vissersboten op de lichte deining rond de kleine steigers. Van de vissers was echter geen spoor, terwijl in de huisjes het serviesgoed verbrijzeld was en de meubels, vloeren, muren en plafonds besmeurd waren met de kenmerkende bruine kleur van geronnen bloed. Dit lapje doordrenkte grond was een van de vele bloedige plekken die Zoeker gevonden had. Het lag, net zoals de andere, dicht bij de oever. Ze vonden, op een paar stukken bot en wat repen vlees na, geen lijken.

'Hoeveel ouder?' vroeg Guyime terwijl zijn ogen de omringende bomen afspeurden. Hij begon zich nu pas te realiseren hoe gewend hij was geraakt aan Lakoraths waarschuwingen voor verborgen gevaar. Heer Anselm had het verstandig gevonden hun groep op te splitsen, zodat ze de oever efficiënter konden afzoeken. Het was een roekeloze beslissing, maar Guyime was er niet tegenin gegaan. Hij wilde Zoekers oordeel graag horen zonder het gevaar te lopen dat Galvin mee zou luisteren.

'Dagen.' Zoeker kwam overeind en overzag het terrein met de diepe concentratie die ze tijdens de jacht altijd aan de dag legde. Guyime veronderstelde dat degene die hier gebloed had en nu onvindbaar was, afkomstig was van de vissersnederzetting rond de smalle inham, ongeveer honderd passen verderop. Hij zag dat Anselm zijn strijdros en de andere helft van de soldaten daar tussen de stille huisjes door leidde.

'Deze plek ligt tot nu toe het verst van het meer af,' ging Zoeker verder. 'Maar het scheelt niet veel. En het bloedspoor...' – ze gebaarde naar de grond en vervolgens richting het roerloze water dat achter de takken van de sparren en essen nog zichtbaar was – '... leidt telkens naar de oever.'

'Gedood en daarna weggesleept om in het meer gedumpt te worden?' opperde Guyime. 'Maar waarom al die moeite doen als er verder nog overal sporen zijn?'

'Niet weggesleept,' antwoordde Zoeker. Ze knikte naar een afdruk in de grond, een paar meter verderop. 'Een voetafdruk, een van de vele voetafdrukken. Ze zijn bij elke moordplek te vinden. Ze lópen weg.'

Ze keek hem aan met een veelbetekenende blik. Dit hadden ze eerder meegemaakt, samen, maar nooit hardop besproken. Hij wist al wat ze ging zeggen, maar ze werd, nog voordat de woorden van haar lippen kwamen, onderbroken door een schrille, gepijnigde kreet uit de richting van het vissersdorp.

Zoeker haalde meteen haar boog van haar rug en spande een pijl op de pees. Gebukt rende ze richting de nederzetting. Ze stopte en draaide zich verwonderd om toen ze merkte dat hij haar niet volgde. 'Pelgrim?'

Laat ze aan hun lot over, wat voor gruwelijks ze hier ook te wachten staat. Als het riddertje sneuvelt, zal Galvin zo overmand zijn door verdriet dat hij zich niet meer met onze missie zal bemoeien. Het waren gedachten die van Lakorath afkomstig hadden kunnen zijn, maar die toch helemaal de zijne waren. Nee, verbeterde Guyime zichzelf, het ritme van deze nieuwe gruwelijke gedachten was anders. Ze droegen een rauwe klank die hij voor het laatst gehoord had toen hij in Atheria met de schim van zijn vroegere zelf werd geconfronteerd. *Dit zijn de gedachten van de Verwoester.*

'Pelgrim!' Zoekers stem werd dringender toen er opnieuw een afschuwelijk kreet uit het vissersdorpje weerklonk. Hard en schel en gemakkelijk te herkennen: de klanken van een paard in doodsnood, een geluid dat Guyime van vele slagvelden kende. Hij voelde de oude zelfhaat steken en op zijn voorhoofd verscheen een grimmige trek. Hij reikte achter zijn schouder, trok het Zwaard Zonder Naam en rende op een drafje naar de inham.

Het eerste lichaam dat ze vonden lag tegen een schuurtje waar gewoonlijk de vis werd schoongemaakt, bij de aanlegsteiger. Het was een van Anselms huurlingen. Zijn nek en gezicht waren gevild, zodat botten en spieren blootlagen. Eén enkel oog was nog intact en staarde hen levenloos na toen ze voorbijrenden, richting de kreten en het wapengekletter bij de huisjes verderop.

Guyime rende naar een opening tussen twee woningen. Hij kwam abrupt tot stilstand toen er vanaf het rieten dak iets op zijn pad sprong. Hij ving slechts een glimp op van klepperende tanden in een zwart weggeteerde gezicht. Twee groene ogen glansden in de schemering. Toen sprong het ding op hem af.

Als het zwaard zijn volledige demonische kracht nog bezeten had, zou de slag die hij hem toebracht zijn aanvaller precies in twee helften hebben verdeeld. In plaats daarvan kwam het zwaard niet verder dan halverwege het bovenlijf; het kliefde door de vergane vodden en het grijze vlees en verbrijzelde de ruggengraat.

Guyime trapte het ding weg, kokhalzend van de stank van de opengereten ingewanden die van zijn zwaard gleden. Het ding landde op zijn rug en begon onmiddellijk wild om zich heen te slaan. Uit zijn open- en dichtslaande muil kwam een geluid dat klonk als een mengeling van kokhalzen en sissen. Het waren echter vooral zijn ogen die Guyimes aandacht trokken; ze glansden zo heldergroen als smaragd, maar op de een of andere manier afschuwelijker, hatelijker.

'Rottende Dode!' gromde Zoeker. Ze stapte naar voren en sloeg met haar mes het ding door de hals. Zodra het lange lemmet het hoofd van het lichaam scheidde, begon het licht in de ogen te flikkeren en te doven. Toen het ding niet langer bewoog, veranderde het weer in een gewone dode. Het bleek om een meisje te gaan van een jaar of dertien.

'Nee,' zei Guyime. 'De ogen van de Rottende Doden gloeien niet op die manier. En je hebt gezien hoe het zich bewoog. Rottende Doden schuifelen, die springen niet. Dit is iets anders.'

De wanhopige, kwijnende kreten van stervende mensen joegen hen voort. Guyime sloeg een hoek om en zag Anselm alleen naast het lichaam van zijn halfopgegeten strijdros staan. De lichamen van zijn soldaten lagen om hem heen en vielen ten prooi aan verschillende groenogige creaturen. Anselm sloeg zijn zwaard heen en weer en verdreef een groep van vijf van die monsters, elk in verschillende stadia van decompositie, elk in de vochtige, vergane kleding van visserlieden. En net zoals het meisje dat Guyime in tweeën had gehakt, hadden ze allemaal ogen die gloeiden van het groene vuur.

Guyime viel aan. Hij onthoofdde een wezen dat zich tegoed deed aan de keel van een gesneuvelde soldaat. Daarna hakte hij de benen door van een gedrongen vrouw die op Anselm afstormde. Toen ze viel, draaide hij zijn zwaard om en stootte de punt door haar voorhoofd. Hij gromde tevreden toen hij de groene gloed in haar ogen eerst zag flakkeren en toen verdwijnen.

'Het hoofd, mijn Heer!' riep hij naar Anselm, die zijn zwaard door de borst van een grote man ramde. De man had nog maar één arm en zijn ingewanden puilden uit zijn buik als een nest grijze slangen. De eenarmige man verstijfde en stortte neer toen een pijl van Zoeker zijn hoofd doorboorde, van nek tot neus.

'Je moet ze in het hoofd raken!' benadrukte Guyime terwijl hij zich een weg naar Anselm hakte. Het Zwaard Zonder Naam was vlijmscherp, zelfs zonder magische demonenkrachten, al kostte het hem aanzienlijk meer moeite dan gebruikelijk om drie schedels achter elkaar te klieven. De twee overgebleven creaturen, kennelijk razend omdat ze onderbroken werden, stonden op van hun feestmaal en stormden op Guyime en Anselm af, roofzuchtig, razend en met dezelfde diepe, sissende keelklanken. Beiden werden door Zoekers pijlen geveld nog voordat ze binnen het bereik van hun zwaarden kwamen.

'Ze... waren er opeens,' stamelde Anselm. Hij veegde spetters donker bloed van zijn gezicht. 'Ze doken op uit het gras. Mijn mannen...' Hij staarde naar de lijken die op de grond verspreid lagen. 'Mijn paard...'

Uit de richting van het nabijgelegen bos klonk een koor van sissende geluiden. Guyime zag nog eens tien of meer gedaantes opdoemen uit de schaduwen tussen de bomen. Eerst naderden ze langzaam. Met hun zelfverzekerde passen, voorovergebogen houding en roofzuchtige lenigheid waren ze heel anders dan de Rottende Doden die Guyime en Zoeker in de Vervloeking bevochten hadden. En hun ogen hadden allemaal dezelfde lichtgevende groene glans, wat Guyime in elk geval de mogelijkheid gaf hun afstand te schatten in de schemering. Een groene flikkering rechts van hem onthulde nog meer creaturen aan de oever van het meer. Ze rezen glinsterend op uit het Stille Water.

'Je had gelijk,' mompelde Guyime. Hij draaide zich naar Zoeker om, die naast hem kwam staan en haar boog op de naderende vijanden richtte. 'Ze wachten overdag in het meer en komen bij zonsondergang tevoorschijn om nieuwe slachtoffers te maken.'

'Wat zijn het?' vroeg Anselm hijgend. De ridder moest duidelijk zijn best doen de dubbele gesel van angst en schrik de baas te blijven, maar hij was niet gevlucht.

Geen lafaard in elk geval, moest Guyime met enige waardering toegeven.

'Iets waarop ik met mijn ruime ervaring geen antwoord heb,' vertelde hij Anselm naar waarheid. 'En we hebben nu niet genoeg mannen om ze te bevechten. Ik stel een snelle terugtocht naar het fort voor, mijn Heer.'

Hij zag eerst trotse weerstand op het gezicht van de ridder verschijnen, maar Anselm grimaste uiteindelijk en knikte. Samen met Guyime en Zoeker begon hij achteruit te lopen. Hij stopte echter met uitpuilende ogen toen hij een gedaante herkende in de naderende horde, langer dan de rest en gekleed in de maliënkolder van een van zijn soldaten, hoewel die van schouder tot heup helemaal was opengescheurd.

'Aginor?' vroeg Anselm. Hij deed onwillekeurig een stap vooruit.

'Stop!' kwam Guyime tussenbeide. Hij sloeg een hand om de arm van de ridder.

'Maar ik kén die man,' zei Anselm. 'Hij vocht onder de vlag van mijn vader en onder mijn eigen vlag...'

Anselm verstomde toen Aginor twintig passen verderop tot stilstand kwam. Zijn gezicht was bleek en als een masker in twee helften verdeeld. De ene helft zag eruit als het grijze en deels verzakte vlees van iemand die net gestorven was; de andere helft was niet meer dan zwarte prut rond een oogkas. Geen oog, maar nog wel die vreemde groene glans. De gestorven soldaat richtte zijn hoofd een beetje op en opende zijn kaken om een geluid voort te brengen dat anders was dan het ziekmakende gesis dat Guyime van de anderen had gehoord. Het klonk eerder als een ritmisch, regelmatig en hol geklepper. Hij herkende het: een persiflage op een menselijke lach.

'Dood het!' beval Guyime. Maar nog voordat Zoeker haar boog kon richten, was het ding dat ooit Aginor was geweest al met onnatuurlijke snelheid op handen en voeten neergezakt. Hij schoot als een schaduw door het gras, te snel om te kunnen volgen. De andere wezens volgden zijn voorbeeld en vielen in één grote massa aan. Zoekers boogpees zong. Guyime zag een van hen voorover tuimelen en stil blijven liggen, maar er waren er nog zoveel meer.

'Ruggen tegen elkaar!' riep hij naar Anselm en Zoeker. Hij wist dat rennen kansloos was. Geen ontsnapping meer mogelijk, deze dingen waren veel te snel. 'Niet vergeten, Heer...'

'Het hoofd,' antwoordde Anselm. Hij hief zijn zwaard terwijl de drie rug aan rug gingen staan. 'Ik weet het.'

De eerste aanval sloegen ze af in een korte furie van flitsende zwaarden. Zoekers boog velde nog een creatuur voordat ze haar lange mes trok en het door het hoofd ramde van een gezette man zonder onderkaak. Guyime rukte zijn zwaard los uit de schedel van een oude vrouw en trapte haar knokige lichaam weg. Hij hief zijn zwaard in afwachting van de volgende aanval, maar de doden met de groene ogen leken zich nu tevreden te stellen met een omsingeling. Ze slopen met knipperende, smaragdgroene oogbollen door het gras. Hun aanzwellende gesis was oorverdovend.

'Ze opereren tactisch,' merkte Guyime op, en dat was nog iets wat deze afschuwwekkende wezens anders maakte dan de Rottende Doden.

'Net als leeuwen of hyena's,' stemde Zoeker in. Ze legde een nieuwe pijl op haar boog en het hout kraakte toen ze de pees naar achteren trok. 'Ze omsingelen hun prooi en loeren op een kans.'

'Dit moet het werk zijn van rebelse duivelskunsten,' stelde Anselm. De schelle besluitvaardigheid in zijn stem stond in scherp contrast met de manier waarop de ridder kokhalsde toen er een klodder stinkende drab van het gevest van zijn zwaard op zijn handen droop. Hij schudde het van zich af met een kreet van walging.

'Duivelskunsten, absoluut,' zei Guyime. 'Maar ik durf te wedden dat je hier in geen velden of wegen rebellen zult vinden.'

De volgende aanval kwam zonder enige waarschuwing. Een spichtige jongeling sprong uit het gras direct op Anselm af. Hij was naakt, op het aan repen gescheurd shirt na dat zijn bovenlijf gedeeltelijk bedekte. De klepperende kaken en klauwende handen van de jongen kwamen abrupt tot stilstand toen Zoekers pijl zijn hoofd spietste.

'Ze proberen de kudde bang te maken,' gromde ze. Ze legde een nieuwe pijl aan. Haar ogen speurden over het kreupelhout.

De mislukking van deze aanval leek de rest van de horde nóg woedender te maken. Hun gesis werd nog luider, het zwiepen van het gras nog heviger. Of ze nu door honger of door iets kwaadaardigs gedreven werden, Guyime had Lakorath niet nodig om hem te vertellen dat ze hun voorzichtigheid van zich af begonnen te schudden.

'Blijf bij elkaar...' begon hij, zijn zwaard op ooghoogte zodat hij snel toe kon slaan. De rest van zijn woorden ging verloren in een koor van kreten uit de richting van het vissersdorp. Hij keek op van het gras en zag dat Galvin zijn mannen aanvoerde in een charge om hen te ontzetten. De jonker bewoog zich sneller dan zijn omvang zou doen vermoeden. In zijn beide handen hield hij een knots met metalen punten die hij ook meteen goed gebruikte; hij sloeg het wezen dat voor hem opdook de schedel in.

Galvins charge doorbrak de omsingeling. De creaturen stortten zich nu op hun nieuwe vijand en Guyime wist meteen de geboden kans te grijpen. Zoeker en hij hadden zo vaak zij aan zij gevochten dat hij haar zijn bedoeling met een korte tik op de schouder duidelijk kon maken. Ze stormden samen vooruit, snel maar in gecontroleerd pas.

'Volg ons, Heer!' riep Guyime naar Anselm, terwijl hij zich in het gras stortte en met zijn wervelende zwaard het hoofd opensloeg van een gespierde visser die op het punt had gestaan Galvin aan te vallen. De monsters beschouwden de jonker nu als hun belangrijkste bedreiging, en een stuk of tien van hen omsingelden hem terwijl hij woest met zijn knots stond rond te zwaaien. Guyime zag hem de schedels van drie aanvallers kapotslaan voordat een vierde, een klein kind dat zo snel was als een aapje, op de rug van de jonker wist te springen. Galvin brulde van pijn en woede op het moment dat het kind zijn kleine tanden in zijn nek zette, woest bijtend en rukkend als een terriër. De andere wezens profiteerden van het feit dat de jonker was afgeleid en maakten zich op voor de genadeslag. Gelukkig wist Guyime hem te bereiken voordat hun klauwende en graaiende handen Galvins wambuis te pakken kregen. Een paar vaardige slagen met het Zwaard Zonder Naam en er lagen drie stuiptrekkende lijken op de grond, terwijl het groene vuur al in hun ogen doofde. Galvin reikte over zijn schouder en trok het bijtende kind van zijn nek. Hij gooide het hoog de lucht in. Anselm ving het op de punt van zijn zwaard.

'Galvin!' De ridder rende naar hem toe en staarde ontredderd naar de wonden van zijn schildknaap.

'Het is...' Galvin wankelde een beetje voordat hij zijn rug weer rechtte. Hij had een hand over de bijtwonden geslagen. 'Het is niet zo erg, mijn Heer.'

'Ze trekken zich terug,' merkte Zoeker op. Guyime draaide zich om en constateerde dat de wezens in het gras verdwenen. De smaragdgroene glinstering van hun ogen loste op in kleine vlekjes die bij de bosrand bleven rondhangen, spiedend. 'Zoals leeuwinnen die bij een aanval enkele leden van hun troep verloren zijn aan de hoorns van de buffels.'

'Laten we dan de volgende aanval maar niet afwachten,' zei Guyime. Hij keek Anselm aan. 'Terug naar het fort, mijn Heer?'

De Anselm van weleer zou met hem in discussie zijn gegaan; nu liet de jonge ridder geen woord van protest meer horen. Zijn wijd openstaande ogen waren vochtig en hij vreesde duidelijk voor het leven van Galvin. Ze verzamelden de laatste vijf overlevende soldaten en haastten zich zo snel ze konden naar Fort Swartfuyr.

Zeven

Belegering der doden

⟩═◆═⟨

e benen van de jonker begonnen te bezwijken toen ze het fort naderden. Zijn huid was glad geworden van het stinkende zweet en zijn ademhaling werd raspend en onregelmatig. Anselm en Guyime moesten hem over de landtong slepen. Tegen de tijd dat ze hem door de poort droegen was hij nauwelijks nog bij bewustzijn.

'Mijn Heer…' bracht hij moeizaam uit terwijl Anselm om vader Lothare riep. 'De barricade… is nog niet af…'

Ze vonden Lothare op de binnenplaats. Hij wreef een lap met rode vlekken over de knoestige kop van zijn fikse wandelstaf. 'Iervo was dood,' legde hij uit. 'En toen was hij niet meer dood. We hebben het lijk verbrand.'

Hij legde een hand op het klamme voorhoofd van de jonker. 'Blijf stilliggen, ouwe reus,' gromde hij. Uit de snelheid waarmee de priester zijn hand terugtrok, maakte Guyime op dat Galvins koorts hoger was dan normaal. 'Breng hem naar binnen,' zei Lothare tegen de soldaten die om hen heen stonden. Hij gebaarde naar de toren.

'Mijn Heer,' zei Guyime toen Anselm de priester wilde volgen. 'Jij moet je fort bewaken.'

'Wat?' vroeg Anselm, de uitdrukking op zijn gezicht een mengeling van nobele verontwaardiging en verwarring.

'Je fort,' herhaalde Guyime in zachte maar precieze bewoordingen. Hij ging dichter bij de ridder staan. 'Je manschappen.' Hij wierp een scherpe blik over de binnenplaats, waar de soldaten duidelijk ten prooi waren aan bittere angst of totale verwarring. De wederopstanding van Iervo en het feit dat Galvin gewond was geraakt, deden het moreel geen goed. 'Ze hebben hun leider nodig. Deze muren en deze poort moeten afgesloten worden.'

'Galvin...' zei Anselm. Hij wilde zich weer naar de toren omdraaien.

'Je fort,' onderbrak Guyime. 'Het fort dat je gezworen hebt te zullen bewaken. Als jij deze mannen niet aanvoert, zal het fort vanavond nog vallen, en zij vallen dan mee.'

Anselm staarde Guyime recht in de ogen. Op zijn gezicht was woede af te lezen totdat er, met grote tegenzin, een uitdrukking van begrip in zijn ogen verscheen. 'Sergeant Tuhmel,' riep hij. Hij verbrak het oogcontact met Guyime en liep weg.

Een van de soldaten rechtte zijn rug, een gedrongen vent met zware kaken die een paar jaar ouder was dan zijn kameraden. 'Mijn Heer!'

'Hoe staat onze verdediging ervoor?' vroeg Anselm kortaf.

'De palen zijn klaar, mijn Heer,' antwoordde Tuhmel. 'Ik denk dat we er genoeg hebben voor barricaden van vijf voet hoog, om de gaten in de muur te dichten. Maar voor de hoofdpoort zitten we pas op de helft. Ik wachtte op verdere bevelen van jonker Galvin.'

'Wacht niet langer,' beval Anselm. 'Ik wil dat alle barricaden voor middernacht klaar zijn. En zorg dat onze boogschutters op de kantelen staan. Zij moeten alarm slaan zodra ze iets, hoe vreemd dan ook, het fort zien naderen. En zeg ze dat ze op de oever en het meer moeten letten.'

De sergeant maalde een beetje met zijn zware kaken terwijl hij over zijn volgende woorden nadacht. Hij wisselde blikken met zijn mannen, die er allemaal bleek en onzeker bij stonden. 'Als u me toestaat, Heer,' zei hij. 'Wat is er daarbuiten? Is het hetzelfde als wat Iervo overkwam?'

Anselm fronste en had moeite een antwoord te vinden dat deze soldaten niet nog meer angst zou inboezemen. Guyime schoot hem te hulp.

'Hetzelfde wat zich rond de muren van elk belegerd kasteel verzamelt,' zei hij terwijl hij een stevige hand op de schouder van de sergeant legde en de man gezaghebbend aankeek. 'Iets wat jou wil doodmaken. Als je de ochtend nog wilt halen, kun je je vragen beter voor je houden en de bevelen van je Heer opvolgen.'

⊶ ⊷

*V*ader Lothare drukte met een grimmig gezicht het kompres op Galvins wond. De blik van de priester werd overschaduwd door iets wat Guyime in zijn lange leven op de gezichten van vele verplegers zag.

'Het is een soort infectie die ik nog nooit eerder heb gezien,' vertelde Lothare toen hij van de zijde van de gewonde opstond. Hij liep naar een vat schoon water, bevochtigde een doek vol pus- en bloedvlekken en wrong die uit boven de plavuizen. Hij keek achterom naar het grote roerloze lichaam van Galvin, dat op een bed van hooizakken was gelegd in de grote hal van de toren. 'De wond is binnen één uur helemaal zwart geworden. Het verspreidt zich sneller dan gangreen. Ruikt ook een heel stuk smeriger.'

'Medicijnen,' zei Anselm, met schorre, smekende stem. 'Zalf...'

'Er is geen zalf of poeder die dit kan genezen, mijn Heer,' antwoordde Lothare. 'De infectie heeft zijn bloedvaten al bereikt, zijn botten waarschijnlijk ook. Eerlijk gezegd is het alleen aan zijn brute kracht te danken dat hij nog niet gestorven is. Het spijt me. Het enige wat we nu nog kunnen doen is zijn pijn verlichten en voor zijn ziel bidden tot de Wederopstandelingen.'

Anselm kreeg de lege gelaatsuitdrukking van iemand die geconfronteerd werd met iets wat zowel verschrikkelijk als onvermijdelijk was. De lippen van de ridder beefden terwijl hij nog meer wanhopige smeekbeden prevelde. Lothares diagnose bleef echter onverbiddelijk.

'Het is tijd om het fort te inspecteren, mijn Heer,' zei Guyime. 'Nagaan hoe de barricaden vorderen. Het moreel van de mannen opvijzelen. Ik zal Zoeker naar het dak van de toren sturen. Haar kat kan goed zien in het donker.'

Anselm aarzelde. Zijn ogen bleven op de jonker rusten, die ondertussen zwakjes lag te beven. 'Elsinora,' zei de ridder met nauwelijks hoorbare stem. 'Zij gaf altijd zoveel om hem. Straks moet ik haar vertellen dat…' Zijn stem haperde, hij liet een diepe zucht ontsnappen en rukte toen zijn blik los van Galvin. 'Inspectie van het fort, kapitein,' zei hij terwijl hij naar de deur liep. 'Inderdaad.'

Guyime keek Anselm na terwijl de ridder de toren uit liep. Daarna wendde hij zich tot Lothare en keek hem doordringend aan. 'Jij hebt Iervo gedood,' zei hij. 'Of beter gezegd, het ding dat ooit Iervo was. Je bent een man van de wereld. Ik neem aan dat je weet wat er met de jonker gaat gebeuren zodra hij sterft.'

Lothare beantwoordde zijn blik niet langer dan een seconde. Hij pakte een schone doek uit zijn kist met geneesmiddelen. 'Dat weet ik,' antwoordde hij kortaf en met duidelijke tegenzin.

'Hij is te groot en te sterk. We kunnen niet hebben dat hij weer tot leven komt en…'

'Ik weet het!' schreeuwde Lothare met van woede ontblote tanden. 'Verdomme, ik weet het!' Hij kalmeerde snel en ging weer aan Galvins ziekbed zitten. 'Ik zal ervoor zorgen,' antwoordde hij bitter. 'Maar geen moment eerder dan nodig is. En laat me nu mijn werk doen.'

• ✠ •

'*I*k heb eerder meegemaakt hoe de doden weer tot leven leken te komen, maar dit is anders.'

Guyime liet zijn handen op de randen van het graf van baron Swartfuyr rusten en keek zijn strijdmakkers een voor een aan. Hij zou de vermoeidheid in zijn armen graag aan zijn verbeelding toeschrijven, maar de intense pijn viel niet te negeren. Zijn spieren, die in al die decennia van rondzwerven en vechten geen centje pijn hadden gekend, leken nu verrekt te zijn, alsof de jaren van zijn onnatuurlijk lange bestaan opeens hadden besloten zich te laten gelden. Zijn geest begon ook beneveld te raken door een slepende vermoeidheid die hij nooit eerder had gekend, iets wat hem nog meer hinderde dan de lichamelijke pijn.

Wat ben ik nog zonder de demon? dacht hij, zich ervan weerhoudend een vermoeide hand langs zijn bezwete voorhoofd te halen. *Niet veel meer dan een heel erg oude man met een scherp zwaard.*

Hij verbeet zijn toenemende vermoeidheid en keek Lexius vragend aan. 'Lichamen die helemaal vergaan zouden moeten zijn, bewegen zich met de snelheid en felheid van een wolf,' zei hij. 'En ze hebben vurig groene ogen.'

Lexius scheen, al zolang als Guyime hem kende, geen enkel stukje overlevering te kunnen vergeten. Normaal gesproken kon hij alle vragen onmiddellijk beantwoorden. Hij plukte de relevante feiten zonder enige moeite uit zijn mentale archief van eeuwenoude en mysterieuze kennis. Nu liet hij echter een opmerkelijk lange pauze vallen voordat hij antwoordde – en Guyime vreesde dat zijn aarzeling niets te maken had met een slechter wordend geheugen.

'Het is een fragmentarisch verhaal,' vertelde de geleerde. Zijn dikke brillenglazen maakten het zoals altijd moeilijk zijn stemming te peilen, maar de onheilspellende klank van zijn stem was onmiskenbaar. 'Een verhaal dat al oud was vóór de opkomst van de eeuwige stad Valkeris. Het verschaft ons in elk geval de naam van ons reisdoel en de naam van onze vijand. Ik vermoed namelijk dat die een en dezelfde zijn.'

'Dit is het werk van het zwaard dat we zoeken?' vroeg Orsena.

'Dat denk ik, ja.' Lexius wierp een gefrustreerde blik door de duistere krochten van de crypte. 'Ergens binnen deze muren ligt een zwaard dat vele namen heeft. De oudste naam lijkt me de toepasselijkste: het Kliefzwaard van de Necromancer. Zoals je weet was de vader van Calandra geobsedeerd door de Zeven Zwaarden. Hij liet me alle verhalen over mogelijk vervloekte of betoverde zwaarden onderzoeken. De meeste bleken absolute onzin of verzinsels, maar de oudste en zeldzaamste verhalen klonken altijd het meest waarschijnlijk. Van sommige kon ik zelfs bevestiging vinden in andere bronnen. Dat was het geval met het Kliefzwaard van de Necromancer.

Aan de noordelijke kust van de Derde Zee liggen ruïnes, zo oud en zo verweerd dat veel mensen er alleen maar een verzameling oude stenen in zien, in plaats van de grootse stad die daar ooit stond. De naam van de stad is verloren gegaan, net zoals de taal van de mensen die daar leefden. Het enige wat we hebben zijn de verhalen over zijn ondergang. Nuchtere wetenschappers schrijven die toe aan een verschrikkelijke epidemie die de Vijf Zeeën teisterde in lang vervlogen tijden. Een ziekte zonder genezing die een jaar lang woedde en twee derde van de bevolking doodde, alvorens te verdwijnen.

Zo ook in deze stad aan de kust, tot groot verdriet van de koning die een grote liefde koesterde voor zijn volk. Het dreef hem tot waanzin. De epidemie woedde juist in zijn rijk heel fel en spaarde slechts een handjevol mensen, waaronder hun krankzinnig geworden koning die nu vrijwel alleen heerste in een stad vol lijken. Huilend en razend zwierf hij door de stille straten en smeekte de doden weer op te staan. Toen ontmoette hij een levende man, een vreemdeling van ver overzee. Een vreemdeling met een zwaard.

"Zo gij dit wapen neemt," sprak de vreemdeling tot de krankzinnige koning, "en zo gij spreekt met het beest dat daarin leeft, zo zullen uw onderdanen weer tot u komen." De koning nam het zwaard en meteen daarna verdween de vreemdeling, zonder ooit nog iets van zich te laten horen. De demon in het zwaard fluisterde zijn vuile aanmoedigingen. De koning hoefde alleen de macht van het zwaard maar te ontketenen. Dan, zo beloofde de demon, zou zijn volk weer door de straten lopen van zijn majesteitelijke stad. Maar zoals altijd met demonen, school er een leugen in die belofte. Want toen de koning het zwaard omhoogstak en zijn krachten aanriep, stond zijn volk op, maar ze stonden op als de kadavers die ze ondertussen geworden waren. De kwade magie van het zwaard bracht ze tot leven en deed hun ogen gloeien met de kleur van de ziekte die hen doodde. Groot was hun vraatlust en hun kwaadaardigheid, want ze werden gedreven door de verlangens van de demon. Groot was de vernietiging die ze op hun stad lieten neerdalen. Groot was de slachting toen ze zich buiten de stadsmuren verspreidden en andere landen aanvielen. Het dodenleger van de krankzinnige koning groeide met iedere massamoord, want alle gevallenen sloten zich bij hen aan. De beet van deze creaturen is altijd fataal. Alle doden die binnen het bereik zijn van het Kliefzwaard van de Necromancer zijn gedoemd te blijven rondlopen en zich tegoed te doen aan de levenden.

Wat er daarna gebeurde is onduidelijk. De verschillende legendes spreken elkaar tegen. Volgens sommige werden er legers van sterfelijke mannen geformeerd die ten strijde trokken tegen de Droeve Doden, zoals men ze is gaan noemen. Zij zouden ze uiteindelijk overwonnen hebben, de krankzinnige koning hebben gedood en zijn vervloekte zwaard in zee geworpen hebben of, volgens andere verhalen, in een vulkaan. Andere beweren dat het de krankzinnige koning zélf was die een einde maakte aan het bloedbad. Hij wist op pure wilskracht zijn gezond verstand terug te krijgen en de invloed van de demon in het zwaard te beheersen. Hij zou vertrokken zijn om eenzaam te sterven in landen ver van hier, ver weg van andere mensen. Er zijn een paar andere verhalen, zo her en der, die nóg ouder zijn, fabels over doden die uit het graf gewekt werden om een ravage aan te richten, maar die zijn schaars. Het schijnt dat de macht van het Kliefzwaard van de Necromancer voor het grootste deel van zijn lange bestaan onder controle was. Tot nu.'

'Iemand heeft die macht ontketend,' zei Guyime. Hij zorgde ervoor Zoeker niet aan te kijken, maar zij had haar eigen conclusie al getrokken.

'Ekiri,' zei ze. 'Mijn dochter is hier weken geleden aangekomen, dat weten we.' Ze sloot haar ogen en klemde haar kaken opeen. 'Zij heeft de macht van het zwaard ontketend, op de een of andere manier. De Kristallen Dolk die ze draagt, het ding dat daarin zit, dat heeft haar tot zijn slaaf gemaakt en heeft haar gebruikt om ons in deze val te lokken.'

'En dat betekent,' dacht Lorweth hardop mee, 'dat hij weet dat we achter hem aan zitten.'

'Hij heeft haar niet hiernaartoe gebracht om een zwaard te vinden,' realiseerde Guyime zich, 'maar om ons in dit fort te krijgen, zodat de Droeve Doden ons af zouden maken.' Hij lachte, kort en bitter, want hij wist dat Lakorath deze dodelijke list zeker gewaardeerd zou hebben. Het was een valstrik die de Verwoester waardig was. Hij stopte snel met lachen, want hij merkte dat de anderen zich ongemakkelijk voelden bij zijn gevoel voor humor.

'Als dat oude verhaal klopt,' zei hij, 'dan weten we nu ook dat de macht van het Kliefzwaard van de Necromancer bedwongen kan worden. En dat, zolang we het nog niet gevonden hebben, iedereen die doodgaat binnen zijn invloedsfeer weer zal opstaan om de levenden te verorberen.'

'Die gebogen lijn van lijken die we vonden, dat moet de grens van zijn bereik zijn,' zei Orsena. 'Maar het dorpje waar die oude man uit zijn graf klauterde, dat lag toch voorbij die lijn?'

'Magie is als een vlam, Edele Vrouwe,' antwoordde Lorweth. 'Hij laait eerst hoog op, daarna trekt hij zich iets terug. Ik denk dat die oude man gewekt werd toen het zwaard in dit fort gevonden werd.' Hij grimaste. 'Waar het zich dan ook verschuilt.'

Orsena schudde haar hoofd. 'In die doodskisten liggen alleen roestige zwaarden. We hebben ze allemaal opengemaakt en iedere hoek van de crypte doorzocht. Hier is het niet.'

'Het moet hier zijn…' hield Guyime vol. Hij verstomde toen hij Zoeker opeens zag verstijven en haar ogen naar het plafond zag schieten.

'Wat is er?' vroeg hij.

'Lissah,' antwoordde ze met een grimmige gezichtsuitdrukking. De lynx was naar het dak van de toren gestuurd om de wacht te houden terwijl zij zich in de crypte verzamelden. 'Ze kan ze ruiken. Het zijn er heel veel. Iedere ziel die ooit in deze vallei geleefd heeft komt uit het meer tevoorschijn.'

Haar waarschuwing werd bevestigd door het gedempte geluid van alarmkreten die langs de trap naar beneden kwamen.

'Blijf hier,' zei Guyime tegen Lexius, terwijl de anderen al naar de trap renden. 'Er moet hier iets zijn, een of andere aanwijzing, anders zou Ekiri het zwaard niet gevonden hebben.'

'Maar heb je niet al onze wapens nodig?' protesteerde Lexius. Hij legde zijn hand op de Krakentand.

'Jij bent de intelligentste man die ik ooit ontmoet heb, in een heel lang leven,' antwoordde Guyime terwijl hij naar de trap liep. 'Maar misschien ook de slechtste zwaardvechter ooit. Jij bent hier beter op je plaats. Blijf zoeken en kom me halen zodra je het vindt.'

⚔

*B*uiten, op de binnenplaats, ontdekte Guyime dat de barricaden nog maar gedeeltelijk voltooid waren. Die op de bressen in de muur waren vier voet hoog. De barricade van aan elkaar getimmerd hout voor de poort was substantiëler. Maar hoewel de barrière hoger was dan de meeste mannen lang waren, bleef er nog altijd een behoorlijke opening over tussen de bovenste balken en de boog van de poort.

'We hebben geen tijd meer,' zei Guyime tegen Anselm. De angstige ridder stond zijn zwoegende soldaten driftig aan te moedigen meer balken vast te timmeren. Een blik over de barricade onthulde dat zich op de dichtstbijgelegen oever een gruwelijke vloedgolf aan het vormen was. Aan het begin van de landtong vocht een dichte massa Droeve Doden zich uit het water omhoog. Tientallen anderen stonden al tussen de glibberige bemoste rotsen aan de voet van het fort. De kwade macht die deze dingen aanstuurde was er duidelijk op uit het fort van alle kanten aan te vallen.

'Sergeant Tuhmel!' riep Guyime. De potige soldaat kwam snel aan zijn zijde staan. Op zijn gezicht parelde het zweet van zowel zware arbeid als gerechtvaardigde angst. 'Zet alle vaten die je kunt vinden op een rij voor de barricade bij de poort. We maken een borstwering,' beval Guyime. 'Neem de helft van de soldaten en los ze af zodra ze moe worden. Ze dienen altijd hun hellebaard te gebruiken, en zorg ervoor dat iedereen handschoenen draagt. Die dingen sterven zodra je ze de schedel inslaat, maar één beet is fataal. Aan de slag, man!' Hij viel tegen Tuhmel uit omdat deze een aarzelende blik op Anselm geworpen had. Toen zijn Heer instemmend knikte, rende de sergeant weg terwijl hij zijn mannen hun bevelen toeriep.

Guyime verwachtte een vermaning van Anselm omdat hij inbreuk had gemaakt op zijn gezag, maar de aandacht van de ridder leek vooral in beslag genomen door de ingang van de toren. Binnen gloeide fakkellicht; Lothare was nog steeds bezig met de verzorging van de stervende jonker.

'Je plaats is hier,' herinnerde Guyime hem. 'Je moet je mannen laten zien dat hun Heer niet bang is.'

'Hij heeft mijn leven gered,' zei Anselm, zijn ogen nog steeds gericht op de ingang van de toren. 'Meer dan eens. Mijn vader zei altijd dat een ridder zonder goede schildknaap niet veel meer is dan een verwende aansteller in glanzende borstplaten.' Hij lachte, kort en bitter. 'Een man van diepe inzichten, mijn vader, vooral wanneer hij een paar zakken wijn ophad. Hij was niet in de adelstand geboren, weet je. Hij kreeg zijn titel voor betoonde moed op het slagveld, iets wat hij en de oude adellijke families nooit vergeten zijn. Hoewel ik met een titel geboren ben, was ik dus nooit echt een van hen. Elsinora kon het niets schelen. Galvin ook niet.'

'Je kunt het beste dicht bij de poort gaan staan, mijn Heer,' adviseerde Guyime nadat Anselm in een peinzende stilte verzonken was. 'De IJzerhonden zullen, met jouw toestemming, de bressen in de muren bewaken.'

Anselm knipperde met zijn ogen en knikte. Hij trok zijn langzwaard en liet zijn blik fronsend over de binnenplaats en de haveloze vestingmuren van Fort Swartfuyr gaan. 'Niet veel meer dan een nutteloze stapel stenen, dat is het toch, kapitein?' Hij zei het zonder een antwoord te verwachten, lachte opnieuw en schudde zijn hoofd. 'Gek dat ik het niet eerder zag. Ik had zulke hoge verwachtingen. Mijn eigen kasteel, ver weg van de hoon en de spot van de edellieden in het westen. Ik zou een goede heer zijn geweest voor de mensen hier, eerlijk en rechtvaardig. Nu lijkt het er echter op dat ze me willen opeten.'

'Vernietig ze allemaal en de akkers zijn weer leeg,' zei Guyime. 'En voor goede stukken land zijn altijd pachters te vinden.'

Hij beende weg en riep Zoeker en de anderen bijeen. 'Kies positie,' zei hij tegen de beestenbezweerster terwijl hij naar de kantelen knikte. Ze rende over de traptreden langs het poorthuis naar boven. Hij hoefde haar er niet aan te herinneren dat elke pijl raak moest zijn; hij had haar nog nooit zien missen.

'Ultria,' zei hij, zich tot Orsena wendend. 'Zou jij op de bres in de oostelijke muur willen letten? Ik bewaak het westen. Meesterdruïde, blijf op de binnenplaats en spaar je krachten. Als deze barricaden bezwijken, hebben we jouw winden nodig om onze terugtocht naar de toren te dekken.'

Lorweth knikte. Hij zag bleek en dwong zichzelf te grijnzen. 'Het gaat er zeker om spannen, hoogheid,' antwoordde hij. 'Toch durf ik te wedden dat je weleens erger in het nauw hebt gezeten, hè?'

'Op de confrontatie met de Krankzinnige God na, nee.' Guyime probeerde bemoedigend te glimlachen, maar uit de manier waarop de druïde onwillekeurig terugdeinsde, bleek wel dat zijn glimlach meer leek op de loerende grimas van een oude tiran op de drempel van de dood.

Orsena zag er een stuk resoluter uit toen ze naar de achterzijde van de toren liepen. Het was haar eerste gevecht, maar Guyime nam aan dat ze zich gesterkt voelde door haar bovennatuurlijke kracht. Toch zag hij voordat ze uiteengingen enige onzekerheid in haar houding. Haar handen spanden en ontspanden om het gevest van het Bezweringszwaard. 'Zitten er ook... kinderen tussen?' vroeg ze.

'Alle leeftijden, elk formaat.' Toen hij haar knokkels opnieuw wit zag worden, voegde hij eraan toe: 'Het zijn geen mensen meer. Het zijn zelfs geen beesten. Ze zijn erger. Je moet alleen het kwaad zien dat deze doden in beweging brengt. Spaar ze niet. Als je er een door de barricade laat komen, valt het hele fort.'

Ze knikte en liep weg, waarna hij naar de bres liep die op het zuiden uitkeek. Het was het kleinste gat in de muur en daarom het gemakkelijkst te verdedigen. Vier soldaten wachtten bij de barricade, hun gezichten strak van angst.

'Doe je handschoenen aan,' instrueerde Guyime, toen hij zag dat een van hen zijn hellebaard met zwetende handen vasthield. Hij bleef de soldaat aanstaren tot hij gehoorzaamde. Guyime keek door de bres naar buiten. 'Ze kunnen alleen een voor een aanvallen. Als je ze doodt, probeer de lijken dan een beetje weg te duwen, zodat ze zich niet voor de barricade opstapelen.'

De soldaat met de zwetende handpalmen braakte prompt over zijn halfaangetrokken handschoenen. Zijn kameraden reageerden walgend en scheldend.

'Bek dicht!' schreeuwde Guyime. Zijn harde, raspende stem had ooit duizenden soldaten aangevoerd en mannen ter dood laten geselen wegens een gebrek aan discipline. Hij pauzeerde en liet de abrupte stilte even goed tot ze doordringen. Het was prima als ze hem meer vreesden dan wat er komen ging.

'Als het ernaar uitziet dat de barricade het niet meer houdt,' zei hij terwijl hij een hand op de schouder van de brakende soldaat legde, 'kom je mij halen bij de bres aan de oostzijde.'

'Ja, mijn Heer,' zei de soldaat hijgend. In zijn ogen verscheen een glimpje hoop.

'Alleen maar kapitein, jongen.'

De bres die op het oosten uitkeek bevond zich in een nog veel zorgwekkender chaotische toestand. Het zestal soldaten dat daar geposteerd was, stond in gespannen onzekerheid en wisselde angstige blikken met elkaar. Een paar bitse bevelen van de Verwoester waren genoeg om ze in beweging te krijgen. Ze trokken twee karren de barricade op om als borstwering te dienen en verzamelden een stapel houthakkersbijlen bij wijze van tweede wapen.

Guyime selecteerde de drie potigste soldaten om naast hem op de karren te staan. De anderen kregen het bevel de bijlen aan te geven als hun hellebaarden zouden breken. Hij maakte ze ook op niet mis te verstane wijze duidelijk dat ze, als een van hun kameraden mocht vallen, zijn plek moesten innemen.

'En,' voegde Guyime er grommend aan toe terwijl hij naar de onrustige wateren rond de rotsen voorbij de bres keek, 'als een van jullie klootzakken het in zijn hoofd haalt te vluchten, maak ik je af. Daarbij vergeleken kom je er nog genadig van af als je gegrepen wordt door een van die monsters.'

Acht

Het uur van de druïde

e eerste Droeve Dode die zich uit het water wist te ont-
worstelen klauterde als een mismaakte krab naar de bres
in de muur, met haastige bewegingen en glijdend van het ene met
mos bedekte rotsblok naar het andere. Het wezen was volwassen
geweest toen het gedood werd, maar vanwege het skeletachtige
uiterlijk en het deels weggerotte vlees was het onmogelijk te zeggen om welk geslacht het ging. Was dit een visserman geweest?
Een schapenhoedster? Een vader of een moeder? Er was niets wat
identificatie nog mogelijk maakte.

Je moet alleen het kwaad zien, bracht Guyime zichzelf in herinnering. Hij concentreerde zich op de gloeiende groene ogen van
de Droeve Dode toen deze zich op de barricade wierp. Het wezen
sloeg met een onmenselijke kracht zijn handen om de balken, en
het vlees scheurde van de botten toen het naar houvast zocht en
zich ophees. Uit zijn opengesperde muil klonk een diep gesis dat
kennelijk de enige taal was die deze creaturen nog vergund was.

Guyime kliefde het hoofd met een enkele slag van het zwaard.
De groene gloed in de ogen flakkerde, vervaagde en verdween
toen het wezen opzijviel. 'Zo simpel is het dus,' zei Guyime tegen

de soldaten die naast hem stonden. 'Welke vent schrikt er nou terug voor zo'n simpel klusje?'

Slechts enkele ogenblikken later klauwden twee andere Droeve Doden zich een weg omhoog, een man en een vrouw. De hellebaarden van de soldaten hakten in op hun wezenloze gezichten en ze tuimelden boven op het wezen dat Guyime had gedood. Daarna volgde een groep van vier, een jonge vrouw met drie kleine kinderen die de barricade bestormden in een wervelwind van bijtgrage tandjes en grissende klauwen zonder vlees. Guyime sloeg er behendig twee doormidden en stootte zijn zwaard vervolgens in de neus van de jonge vrouw op het moment dat ze zich op de barricade hees. Een van de kinderen, een piepklein monstertje dat niet meer dan vier jaar oud geweest kon zijn, klemde zich vast aan de hellebaard van een soldaat en krabbelde langs de schacht om zich op het gezicht van de man te storten. Het bloed spatte hoog op. De soldaat viel krijsend van de kar terwijl hij in paniek de kleuter, die wild in zijn keel en gezicht beet, van zich af probeerde te werpen. Een van de andere soldaten, ook schreeuwend, sloeg met een houthakkersbijl het kind van zijn kameraad. Het vloog in een hoge boog door de lucht en landde sissend en wild spartelend op de plavuizen.

'Maak hem af!' schreeuwde Guyime, maar de soldaten keken hem alleen maar uitdrukkingsloos aan. Vloekend sprong hij van de kar, beende naar de stuiptrekkende Droeve Dode en stampte met zijn laars het schedeltje tot pulp. 'Dit is niet het moment voor medelijden,' vertelde hij ze. Hij pauzeerde even om de gewonde soldaat te bekijken. De onderste helft van het gezicht van de man was geruïneerd. Zijn koortsachtige ogen stonden opengesperd in de bloedrode smurrie en hij sloeg zijn handen wanhopig naar de gapende wond in zijn keel. Guyime gaf hem met een zwaardslag in het voorhoofd de genadeslag.

'Iedereen die sneuvelt, keert terug als Droeve Dode,' legde hij de met stomheid geslagen kameraden van de man uit. Guyime klom terug op de kar en overzag de bres in de vestingmuur en de rotsen daarachter. Hij telde twintig paar groene ogen, terwijl er uit het water nog meer glinsterende ogen tevoorschijn kwamen. Vanaf de voet van de barricade klonk het gesis van de twee kinderen die hij in tweeën gespleten had; hun losse lichaamshelften krabbelden in de modder rond. Guyime wendde zijn blik af van het obscene schouwspel en verzamelde moed voor de volgende aanvalsgolf.

Terwijl hij al op de volgende Droeve Doden begon in te hakken, dacht hij na over het zwaard, dat duidelijk zwaarder geworden was. Het was frustrerend te weten dat hij deze horde in enkele seconden omver had kunnen maaien als Lakoraths magie niet geblokkeerd was geweest. *Ik ben dan wel vervloekt*, dacht hij terwijl hij door de botten en pezen in de nek van een graatmagere oude man sloeg, *maar het was wel een nuttige vloek.*

Vroeger, toen hij nog een gewone sterveling was, waren de gevechten over het algemeen kort en krachtig geweest. Belegeringen waren natuurlijk langdurige aangelegenheden, maar de momenten van daadwerkelijk geweld duurden eerder minuten dan uren. De slag om Fort Swartfuyr was verre van kort. Guyime was meer dan een uur bezig met het wegwerken van de sissende, klauwende horde die op de oostelijke barricade aanviel. Hij weigerde toe te geven aan de steeds feller brandende pijn in zijn overwerkte spieren. De enige gevechtspauzes die hem vergund waren, ontstonden wanneer de stapel lijken voor de bres zo hoog werd dat de Droeve Doden de soldaten op de barricade niet meer konden bereiken. Guyime was echter opnieuw getuige van de sluwheid van deze creaturen; ze begonnen de lijken te verschuiven en te verslepen, en dat met zoveel energie dat de ledematen uit de bloedige massa losschoten.

'Ze schuiven de lijken opzij zodat ze bij ons kunnen komen,' constateerde de soldaat die naast Guyime stond met ademloze, dodelijk vermoeide stem. Guyime had de soldaten bevel gegeven regelmatig te pauzeren en elkaar af te lossen als ze moe werden, maar het tempo van de slachtpartij eiste een steeds hogere tol. Hij kon zien dat velen van hen uitgeput begonnen te raken.

'Niet opzij,' antwoordde hij, toekijkend hoe een beestachtige Droeve Dode een losgeslagen hoofd naar de voet van de barricade schoof en er daarna een vrouw met een ingeslagen schedel naast legde. Meerdere lichamen werden op elkaar gestapeld, haastig, de een op de ander, zodat zich binnen enkele ogenblikken een berg lijken had gevormd van enkele meters hoogte.

'Ze bouwen een helling.' Guyime wierp een blik over de binnenplaats. Hij kon het strijdgewoel horen bij de poort en bij de andere bressen in de vestingmuur. Het leek erop dat ze standhielden, in elk geval voorlopig. Maar omdat deze creaturen een gemeenschappelijk doel leken te hebben, wist hij dat ze bij de andere aanvalspunten waarschijnlijk dezelfde tactiek zouden hanteren.

'Haal de olie,' beval hij de soldaten die onderaan de barricade stonden. 'En fakkels, we steken ze in de fik…'

Zijn woorden gingen verloren in de luidste uitbarsting van gesis en geklepper van Droeve Doden tot nu toe. Hij draaide zich om en zag een nog veel grotere massa levende lijken krabbelend uit het water tevoorschijn komen, terwijl de Droeve Doden die al in de bres stonden steeds dichter naderden. Guyimes jarenlange strijderervaring vertelde hem dat wat ze tot nu toe hadden meegemaakt niet meer was dan een voorproefje van een nog veel beter gecoördineerde aanval.

De menigte Droeve Doden viel onophoudelijk op de bres aan. Ze beklommen hun helling van rottend vlees en wierpen zich op de top van de barricade. Het sissen en het klepperen van hun tanden klonk als een afschuwelijke parodie op een strijdkreet. Het geluid was zo angstaanjagend dat een van de soldaten in paniek raakte, zijn hellebaard liet vallen en van de kar sprong voordat de Droeve Doden hem bereikten. Als Guyime de tijd had gehad, had hij hem eigenhandig in mootjes gehakt. Hij raakte echter met onmenselijke snelheid ingesloten.

Oog in oog met de aanvallers veranderde alles in een chaos. Guyimes verloor elk gevoel voor tijd en plaats in deze draaikolk van loerende, bijtende gezichten en grijpgrage klauwen. Keer op keer haalde hij uit met zijn zwaard. Keer op keer spatte het bloed op. Hij kon de kreten van de soldaten slechts vagelijk onderscheiden. Sommigen trokken schreeuwend ten strijde. Anderen gilden in wanhoop en doodsangst.

Opeens was hij zich bewust van de harde, onwrikbare muur in zijn rug. Hij realiseerde zich dat hij over de hele afstand van de binnenplaats was teruggedrongen, tot aan de voet van de toren. Hij bleef doorvechten, met alle razernij die de Verwoester zijn grimmige reputatie had bezorgd. Het Zwaard Zonder Naam sloeg schedel na schedel open. De plavuizen op de binnenplaats werden glad van het donkere bloed en de grijze hersenmassa van de doden. Maar helaas, zelfs op zijn meest woeste momenten was ook de Verwoester nooit immuun geweest voor vermoeidheid. De adrenaline van het gevecht drijft een lichaam nu eenmaal niet eeuwig voort.

Zijn armen begaven het uiteindelijk toen hij met één slag door twee schedels sloeg. De brandende pijn in zijn spieren deed zijn hele lichaam samentrekken. Hij stortte op zijn knieën neer en haalde hortend adem. Hij wierp een woeste blik op de Droeve Doden die zich al over hem heen bogen, hun groene ogen helderder dan ooit.

Een passende dood voor de Verwoester, dacht hij terwijl hij naar het zwaard in zijn hand keek en zich nog steeds niet gewonnen wilde geven. Hoewel hij bijna aan het einde van zijn krachten was, greep hij het Zwaard Zonder Naam vast met een onweerstaanbare vastberadenheid die ook niet vervagen zou, zolang er nog een sprankje leven in hem was. Hij had zoveel mijlen gelopen met dit ding op zijn rug, zoveel levens genomen met dit wapen, maar hij had er, sinds hij aan deze zoektocht begonnen was, ook zoveel levens mee gered. De Verwoester was dood, maar hij, de Pelgrim die op zoek ging naar de Zeven Zwaarden, was dat niet.

'Ik…' gromde hij terwijl in zijn borstkast zijn laatste woede opvlamde, '… heb nog werk te doen.'

En het was aan die razernij alleen te danken dat hij herrees. Het schuim vloog van zijn lippen toen hij brullend aanviel op de oprukkende doden. Hij was vastbesloten in elk geval strijdend ten onder te gaan, en de Droeve Doden wilden hem daarbij graag van dienst zijn. Ze stroomden toe, hun klauwen naar hem uitgestrekt, hun muilen wijd open…

De storm was, op het moment dat hij toesloeg, zó hevig dat hij van de eerste getroffen Droeve Doden zelfs de huid losrukte. Vlees en gruis staken Guyime in de ogen. De binnenplaats veranderde in een schimmige chaos van tuimelende lichamen en rondvliegend puin. Hoewel het ergste hem bespaard bleef, was de stormkracht groot genoeg om ook hem omver te blazen. Hij vloog weg van de torenmuur en rolde over de binnenplaats tot de wind ging liggen.

'Hoogheid?'

Guyime knipperde het vuil uit zijn ogen en zag een wit weggetrokken Lorweth over hem heen gebogen staan.

'Ik heb je toch hopelijk geen pijn gedaan?'

'Niets waarvoor ik je straffen zou,' gromde Guyime. Steunend op een knie duwde hij zich overeind. Toen hij om zich heen keek, bleek hij in een kring weggeblazen lichamen te staan, allemaal verpletterd door de storm van de druïde. De meesten waren nu niet meer dan vleeszakken vol gebroken botten. Enkele Droeve Doden van wie de schedel intact was gebleven, deden nog wat pathetische pogingen om hen te bereiken, maar ze klauwden alleen nog hulpeloos naar de grond. Van de soldaten die naast Guyime op de barricade hadden gestaan had niet een het overleefd. Hun lijken schokten terwijl het smaragdgroene licht al in hun ogen begon te gloeien.

Guyime keek naar de bres die ze zo fel verdedigd hadden. Tot zijn verbazing was het gat in de kasteelmuur nu leeg. Het water van het meer erachter was vlak en roerloos. Het leek erop dat hun vijand door zijn manschappen heen was, in elk geval aan deze kant. De oplaaiende gevechts- en angstkreten van de andere kant van de toren maakten echter duidelijk dat dat niet voor heel Fort Swartfuyr gold.

'De Ultria,' zei Guyime. Hij begon te rennen, moeizaam, zo snel als zijn gepijnigde lijf het hem toeliet. Ze renden om de toren heen en bereikten de bres die op het zuiden uitkeek. Slechts één enkele soldaat bleek nog op zijn post te staan. De afwezigheid van geharnaste lijken verraadde dat al zijn kameraden gevlucht waren. Toen Guyime dichterbij kwam, herkende hij het bleke gezicht van de jonge soldaat die uit angst had staan overgeven. Hij staarde hem met grote ogen en met lijkvocht bespatte trekken aan. Het blad van zijn hellebaard was donker en de schacht glom tot aan het heft.

'Een voor een, kapitein,' zei hij. Guyime zag dat de bres achter hem helemaal vol lag met verslagen of nog naschokkende Droeve Doden.

'Hier valt niets meer te doen,' zei Guyime en hij greep de soldaat bij zijn schouder. 'Volg ons, jongen.'

Ze haastten zich voort. Toen ze voorbij de toren waren, zag hij Orsena wervelend om zich heen slaan in een menigte Droeve Doden. De bres die zij verdedigde werd overspoeld door de doden met hun groene ogen, een deinende, krioelende massa die in steeds grotere getale de binnenplaats op stroomde. Guyime herkende huurlingen in de menigte rond Orsena, maar hun ogen gloeiden groen. De Ultria liet het Bezweringszwaard met een zilverkleurige flits rondwentelen en sloeg hersenpan na hersenpan open met bijna chirurgische precisie. Ze wist er heel wat neer te maaien, maar de aantallen waren zo groot dat Guyime wist dat ze snel onder de voet zou worden gelopen.

'Wacht hier tot ik haar heb opgehaald,' zei hij tegen Lorweth. Hij hief het Zwaard Zonder Naam en stortte zich op de zwerm Droeve Doden. Hij hakte zich een weg naar Orsena en sloeg armen en benen af, zonder er nog op te letten of hij de wezens ook werkelijk de hersens spleet.

'Wacht!' riep hij toen ze opeens zijn kant op wervelde. Hij stak zijn zwaard net op tijd omhoog om de slag van het Bezweringszwaard te pareren. De twee magische zwaarden raakten elkaar met een onnatuurlijk luide gongslag. Verre van muzikaal, maar zo krachtig dat het pijn deed aan de oren. Het had ook een merkwaardig effect op de Droeve Doden; ze bleven stokstijf stilstaan en op hun grijze halfvergane gezichten verscheen een vreemde, verwarde uitdrukking.

Profiterend van de afleiding greep Guyime Orsena's arm, stootte de Droeve Doden opzij en trok haar de menigte uit terwijl de echo van de onnatuurlijke wapenklank langzaam wegstierf. Daarna keerde het sissende, klepperende kabaal terug en probeerden de klauwende skelettenarmen hen weer te grijpen. Guyime duwde Orsena naar de torenmuur.

'Meesterdruïde!' riep hij. Zijn woorden werden overstemd door een gierend geluid toen Lorweth zijn storm ontketende.

Ditmaal creëerde de Mareth geen gewone storm, maar een wervelwind. De kolkende, allesverscheurende cycloon tilde tientallen Droeve Doden op, scheurde ze aan stukken en sproeide de menselijke resten uit over de binnenplaats. Na eerst de wezens te hebben weggeblazen die Guyime en Orsena aanvielen, verplaatste de storm zich om de aanvallers rond de bres te vernietigen. De doden verdwenen in een akelige, donkere centrifuge van vlees en lichaamssappen. Ze vielen als zwarte regen terug op het fort. Daarna raasde Lorweths wervelstorm door de bres naar het meer, waar hij nog een laatste glinsterende zuil helder water opzoog voordat hij in het niets verdween.

Guyime slipte en struikelde over het bloed en de ingewanden op de plavuizen. Lorweth was tegen de torenmuur gezakt en werd overeind gehouden door de jonge soldaat. De druïde was duidelijk aan het eind van zijn Latijn. Hij keek op naar Guyime en zijn gezicht was zo wit als een doek. Zijn ogen lagen diep in hun kassen.

'We zijn nog niet klaar,' liet Guyime hem met een spijtige grimas weten. Van de hoofdpoort kwam nog steeds het tumult van een niet-aflatende strijd – en dat was waar het lot van Fort Swartfuyr beslist zou worden.

'Dan moesten we maar opschieten, hè?' zei Lorweth kreunend. Hij stak een arm uit, die Orsena over haar schouders sloeg.

Guyime ging voorop, terwijl de Ultria en de soldaat de strompelende Lorweth min of meer voortsleepten. Gesneuvelde huurlingen herrezen uit de dood en versperden hun de weg met hun groene ogen en zwaaiende hellebaarden. Guyime schreeuwde van inspanning bij elke zwaardslag.

Hij was nauwelijks verwonderd over de puinhoop die ze bij de poort aantroffen. De barricade was versplinterd en hield de opmars van de Droeve Doden slechts gedeeltelijk tegen. Anselm en niet meer dan drie overlevende soldaten trokken zich al vechtend langzaam terug en probeerden wanhopig weerstand te bieden aan het springtij der doden. Vanaf de kantelen suisde een zwerm pijlen omlaag die de hoofden van tien of meer Droeve Doden doorboorden. Meer pijlen kwamen er echter niet. Guyime zag hoe Zoeker zich snel over de traptreden naast het poorthuis naar beneden haastte. De pijlenkoker van de beestenbezweerster was leeg. In haar hand hield ze haar lange mes. Lissah draafde mee.

Guyime merkte op dat de andere boogschutters geen aanstalten maakten haar moedige voorbeeld te volgen.

'Heb je de kracht?' vroeg Guyime aan Lorweth.

De druïde wierp een gepijnigde blik op de poort die op het punt stond overweldigd te worden. Hij knipperde met doffe ogen. 'Genoeg voor een of twee windvlagen, uwe hoogheid,' antwoordde hij met een zwakke grijns. 'Maar niet genoeg om ze allemaal weg te vagen.'

Guyime knikte en wendde zich tot Orsena. 'Mocht ik vallen; terugtrekken naar de toren en meteen de deur vergrendelen!' De harde blik die ze hem toewierp vertelde hem dat ze zijn bevel in de wind zou slaan, maar hij kon het zich nu niet veroorloven in discussie te gaan.

'Achter mij, Heer!' riep hij, en hij stormde vooruit om zijn plaats naast Anselm in te nemen. De ridder had nu nog maar twee soldaten over. Zijn zwaard was tot aan het gevest met bloed bedekt en de glans van zijn harnas was onzichtbaar onder een laag natte smurrie.

'We moeten de poort verdedigen!' schreeuwde Anselm terug. Hij zwaaide zijn zwaard hoog door de lucht om het hoofd van een forse vrouw tot aan de nek toe open te splijten.

'De poort is al gevallen!' hield Guyime vol. Hij dook onder een klauw door en spietste de schedel van zijn aanvaller. 'En we kunnen de bressen in de muur ook niet langer houden. We moeten ons terugtrekken naar de toren. We barricaderen de deur en wachten tot zonsopgang.'

'Een beter plan is er niet, Heer,' viel een van de soldaten hem bij. Guyime herkende de zware kaken van sergeant Tuhmel onder een masker van glanzend vuil.

Anselm ontblootte een rij witte tanden en vertrok zijn gezicht in woedende frustratie. Hij bracht zijn lange zwaard brullend neer op wéér een hoofd. 'Goed dan,' gromde hij, en hij stapte weg van de golf sissende aanvallers zodat zijn stem ook de kantelen zou bereiken. 'Naar de toren!'

Ze draaiden zich om en begonnen te rennen. Guyime zag dat de boogschutters zich niet bewogen en de voorkeur gaven aan de schijnveiligheid van hun hoge posten, een beslissing die ze zeker het leven zou kosten.

Lorweth stak zijn armen omhoog zodra Guyime en Anselm hem bereikten. De storm die de druïde nog wist op te roepen was niet meer zo sterk als zijn verwoestende wervelwind, maar nog altijd sterk genoeg om iedere Droeve Dode binnen de kasteelmuren omver te blazen.

'Breng hem naar binnen!' zei Guyime tegen Orsena, toen de storm ging liggen en de druïde uitgeput tussen haar en de jonge soldaat in elkaar zakte. Zoeker stond hen bij de deur op te wachten en wilde zelf pas naar binnen gaan nadat Guyime haar dat schreeuwend bevolen had. Hij wachtte tot Orsena en de soldaat Lorweth naar binnen hadden gedragen, snel gevolgd door Anselm en Tuhmel. De andere overlevende soldaat had zijn terugtocht één seconde te lang uitgesteld en werd door Lorweths wind tussen de Droeve Doden geslingerd die door de poort naar binnen stroomden. Voordat Guyime de toren in rende en de anderen de provisorische deur vergrendelden, kon hij de zwaaiende armen van de man nog zien op het moment dat hij in de duistere, geweldddadige massa ten onder ging. Zijn doodskreet was gelukkig genadig kort.

Negen

Een spookachtige wake

＊━══◆══━＊

*Z*e verstevigden de deurbalken met elke splinter hout die ze in de toren konden vinden. Tuhmel had ergens een hamer en spijkers vandaan gehaald en timmerde een provisorische constructie terwijl Guyime, Orsena en Anselm met vereende krachten de deur dichthielden. Zodra de laatste spijker in het hout geslagen was, begon de barricade aan één stuk door te schudden, krakend en kreunend onder de aanhoudende woede van de Droeve Doden op de binnenplaats.

'Hoeveel uur nog tot zonsopgang, denk je, kapitein?' vroeg Tuhmel. Hij veegde een mengsel van zweet en rode smurrie van zijn voorhoofd.

Te veel, dacht Guyime, maar dat zei hij niet hardop. Hij schatte dat het nog maar even na middernacht was, wat betekende dat de zon nog heel lang op zich zou laten wachten. 'Het duurt niet lang meer voor we de lijken kunnen tellen in de ochtendmist,' stelde hij hem met een grove leugen gerust. 'Toch zou het een goed idee zijn onze watervoorraad te controleren, sergeant.'

De man maalde met zijn zware kaken en probeerde zijn angst de baas te blijven. Zijn ogen hadden de uitdrukking die Guyime op de gezichten van talloze soldaten had gezien: de schuldbewuste opluchting een veldslag overleefd te hebben die de levens van zijn kameraden kostte.

'Mijn jongens…' begon hij. Hij maakte zijn zin niet af, verstijfde en liep naar de waterton.

'Als je het niet erg vindt?' zei Guyime. Hij richtte zich tot Orsena en gebaarde naar de deur.

'Het is beneden de waardigheid van een Ultria van Atheria om zich tot simpel poortwachterswerk te verlagen,' antwoordde ze sarcastisch. Het lachen verging haar toen een nog heviger gebonk het samenraapsel van planken op een onrustwekkende manier deed schudden. Orsena drukte haar handen zuchtend tegen de balken. 'Een van die krengen heeft me gebeten, weet je,' mompelde ze. Ze knikte naar haar onderarm die er, voor zover Guyime kon beoordelen, nog steeds bleek en puntgaaf uitzag. 'Ik kon het voelen,' ging ze fronsend verder. 'Het deed ontzettend pijn. Maar je ziet het: geen bloed, geen beetwonden. Ik vraag me toch echt af, uwe hoogheid, of ik eigenlijk wel kán sterven. En ik merk dat er niets is wat me meer schrik aanjaagt dan die gedachte.'

Verschillende zinloze geruststellingen en een paar nogal wrede grappen kwamen in Guyime op toen hij haar terneergeslagen blik zag. Zelfs als ze door verdrietige gedachten gegrepen werd, behield haar gebeeldhouwde gezicht die bijna absurde schoonheid die verraadde dat ze iets bovenmenselijk was. Iets wat zelfs monsterlijk zou kunnen worden, als de demon in haar zwaard haar ziel ooit in zijn macht zou krijgen. Maar goed, dat laatste gold ook al jarenlang voor Guyime zelf.

'Mochten we dit overleven,' zei hij, 'dan zal die missie van ons die vraag vast en zeker beantwoorden.'

Een glimlach beroerde haar lippen. 'Wat geef je toch altijd bemoedigende toespraken, hoogheid. Ik snap waarom ze je tot koning hebben gekroond.'

Guyime liet een grommend lachje ontsnappen. 'Ik moet met Lexius overleggen.'

'Dat geluid,' zei ze, plotseling serieus. 'Toen onze zwaarden elkaar kruisten. Wat was dat?'

'Ik weet het niet. Ik heb nooit eerder de wapens gekruist met een ander vervloekt demonenzwaard.'

'Ze konden het horen, de Droeve Doden. Het had een of ander effect op ze. Ze aarzelden.'

'Als dat zo is, kunnen we dat gebruiken. Drie zwaarden kruisen is misschien zelfs nóg krachtiger. Ik weet zeker dat Lexius daar een of twee nuttige theorieën over heeft.'

Guyime liep naar de trap die naar de crypte leidde. Onderweg kwam hij langs Galvin, die badend in het zweet op zijn bed van hooizakken lag. Het feit dat hij zich al zo lang aan het leven wist vast te klampen, sprak boekdelen over de opmerkelijke standvastigheid van de jonker. Te oordelen naar zijn hortende ademhaling en het steeds onregelmatiger rijzen en dalen van zijn borstkas was zijn einde echter nabij. Vader Lothare zat naast hem en drukte een verkoelende vochtige doek op het koortsige voorhoofd van de stervende man. Galvin sprak onduidelijk mompelend en verward. Zijn gezicht had een grijze teint gekregen die een meer dan toevallige gelijkenis vertoonde met die van de razende wezens buiten de toren.

'Wilt…' kreunde Galvin, terwijl zijn hoofd opzijzakte en hij met zijn in het niets starende ogen knipperde. 'Wilt u me de biecht afnemen, vader?'

'Natuurlijk wil ik dat, mijn zoon,' antwoordde Lothare. Hij nam de hand van de jonker in de zijne. 'We laten de formaliteiten maar voor wat ze zijn. Lucht gewoon je hart en weet dat de Wederopstandelingen je alles vergeven.'

'Zij… misschien,' fluisterde Galvin. 'Maar zal híj me ook vergeven? En zij… Elsinora?'

De toon waarop hij dat zei deed Guyime even stilstaan. Er valt veel op te maken uit de manier waarop een enkele naam wordt uitgesproken: verlangen, verlies, spijt, trouw. Guyime hoorde dat allemaal in de stem van Galvin, zoals hij het ooit in zijn eigen stem hoorde wanneer hij het over zijn vrouw had, die op een van de brandstapels van de kerk was omgekomen.

'Je zult je met iedereen verzoenen,' zei Lothare, 'in het Bovenrijk.'

'Ze zal weten dat ik gefaald heb…' Galvins kwijnende gezicht kwam opeens tot leven; schuldgevoel en angst deden zijn doffe ogen weer glanzen. 'Ze zal het zichzelf verwijten. Omdat ze Anselm heeft laten begaan… Omdat ze mij liet beloven dat ik hem zou beschermen. Maar ze hoeft zich niet schuldig te voelen, vader. Ik zou toch wel gegaan zijn… ook als ze er niet om gevraagd had. Maar ze huilde zó op de dag dat we vertrokken… Ze huilde vanwege haar hatelijke moeder die ons op deze hopeloze missie stuurde… om Anselm en zijn blinde aanbidding… En om ons, om de liefde die we deelden… en verborgen hielden… Ik wil niet dat ze huilt, vader.'

Een zachte zucht trok Guyimes aandacht. Anselm bleek vlakbij te staan en staarde met grote ogen en een uitdrukkingsloos gezicht naar Galvin. Het was duidelijk dat hij elk woord had gehoord.

'Ik heb… gezondigd, vader,' smeekte Gavin, zich vastklampend aan de mouwen van het priestergewaad. 'Ik heb mijn enige echte vriend verraden… de man die ik mijn broeder noemde… Ik wilde het hem vertellen… Zo vaak… Maar ik was bang voor zijn reactie… Bang voor wat hij zichzelf zou aandoen… en haar…'

Guyime zag een duistere schaduw over het gezicht van de ridder glijden. Hij had het gevoel dat de rest hem niet aanging en draaide zich om naar de trap die naar de crypte voerde. Als Anselm ervoor zou kiezen zijn jonker te vermoorden zou dat, in alle eerlijkheid, een vorm van genade zijn.

*O*p het eerste gezicht was Lexius nergens te bekennen. Guyime vroeg zich af of de geleerde de crypte soms was ontvlucht. Het geluid van ritselende kleding en schrapend metaal op steen vestigde zijn aandacht echter op een verre hoek van de onderaardse ruimte. Daar zat Lexius, op handen en knieën. Hij gebruikte de punt van de Krakentand om iets weg te hakken aan de voet van de oudste grafkist.

'Deze was net een beetje anders geplaatst,' legde de geleerde uit. Hij keek naar Guyime op alvorens zijn werk te hervatten. 'En de afmetingen van deze sarcofaag zijn een fractie groter dan die van de andere. Verder is alles in deze crypte opvallend gelijk. Daar moest wel een reden voor zijn.'

Guyime zakte op zijn hurken en zag dat Lexius zoveel steen had weten weg te hakken dat er een smalle maar duidelijke spleet zichtbaar was geworden tussen de onderkant van de grafkist en de vloertegels van de crypte. Hij kon daarbinnen alleen maar duisternis ontwaren, maar uit de opening steeg ook een schimmelachtige geur op waarin een veelzeggend scherpe stank te onderscheiden viel die hij maar al te goed kende.

'Een graf ónder een graf,' begreep hij. Hij trok het onbuigzame staal van het Zwaard Zonder Naam tevoorschijn en begon Lexius te helpen. Na minutenlang hakken slaagden ze erin de spleet wat breder te maken. Het was echter duidelijk dat het, zelfs met magische zwaarden, nog dagen zou duren eer de opening groot genoeg zou zijn.

Guyime richtte zijn aandacht op de sarcofaag, liet een hand over de zijkant van de oude stenen grafkist gaan en probeerde te duwen. Hij verwachtte er weinig van en ging er eigenlijk al van uit dat hij Orsena's hulp nodig zou hebben om het ding te verschuiven. Het was dus een verrassing toen de kist opeens een paar centimeter naar links draaide, zodat de spleet nog breder werd.

'Het is geen graf,' constateerde Lexius met een zucht van zelf-verwijt. 'Het is een deur.'

Samen duwden ze de sarcofaag opzij, tot zich een opening openbaarde die groot genoeg was om hun doorgang te verlenen.

Guyime greep een fakkel en hield hem in de duistere opening. Het flakkerende licht onthulde een reeks traptreden vol spin-nenwebben die verder de stoffige diepte indaalden. Hij had vele donkere en onheilspellende plekken gekend, maar deze deed hem aarzelen. Zelfs zonder het demonische commentaar van Lako-rath begreep hij dat de rechtopstaande haren op zijn huid en de knoop in zijn maag hem waarschuwden voor iets spookachtigs, daar beneden.

'Misschien moet ik de anderen erbij halen,' opperde Lexius. Hij tuurde in de duisternis.

'We hebben Orsena's kracht nodig om de deur van de toren te verdedigen,' antwoordde Guyime. 'En als er hier een zwaard te vinden is, heb ik liever dat Zoeker er niet bij is.'

'Omdat ze anders in de verleiding zou kunnen komen het op te pakken, neem ik aan?'

'Precies.' Guyime haalde diep adem door zijn neus en begon aan de afdaling. 'Ze heeft er alles voor over om Ekiri te redden, maar ik laat haar niet lijden onder het gewicht van een vervloekt demonenzwaard.'

De traptreden waren overdekt met een dik weefsel van spin-nendraden, maar Guyime kon duidelijk zien dat er nog niet zo lang geleden iemand doorheen gelopen was. De dikke grijze spin-ragslierten boven zijn hoofd verraadden dat degene die hier liep niet zo lang was als hij.

'Wat hier ook ligt,' zei hij, terwijl hij zich bukte voor een laag tongewelf en de stoffige webben sisten in het vuur van zijn fakkel. 'Ekiri heeft het al gevonden.'

'De Kristallen Dolk heeft haar zonder enige twijfel hierheen geleid,' vulde Lexius aan. 'Haar demon weet kennelijk meer dan die van jou, mijn Heer.'

Guyime stond op het punt een bijtende grap te maken over de vele dingen waar Lakorath helemaal niets van wist, maar hield zijn mond. Het was beslist waar dat de demon, zeker voor een wezen dat al zo oud was, vaak een opvallend gebrek aan kennis vertoonde. Maar Guyime wist dat dit vooral een kwestie van onverschilligheid was. De inzichten die Lakorath wél verkoos te delen waren meestal uitgebreid en in werkelijkheid niet meer dan een fractie van de immense kennis waaruit hij kon putten. Als de demon in de Kristallen Dolk nog meer wist, ging het werkelijk om een angstaanjagende tegenstander.

Een paar stappen verderop werd het plafond wat hoger. De korte passage gaf toegang tot een veel grotere ruimte. Guyimes haren gingen nog meer overeind staan toen hij de nog altijd onpeilbare schaduwen betrad. Het fakkellicht danste over de eeuwenoude, ruw gehakte funderingen waarop Fort Swartfuyr was gebouwd. De brede pilaren vormden een cirkel rond een verlaging in het midden. Verderop onthulde zijn fakkel een doodskist in het midden van de grafkamer. Deze was niet fraai bewerkt zoals de graven in de crypte erboven, maar niet meer dan een gewone kist van oude, deels verrotte houten planken. Degene ín de kist was echter verre van vergaan.

De gedaante droeg een ridderharnas dat helder glansde in het licht van het fakkelvuur. Spinnenwebben noch stof hadden het aangetast. Op de borstplaat rustten twee handen in ijzeren handschoenen, en daaronder lag een zwaard. Guyimes ervaren blik herkende het eeuwenoude ontwerp meteen. De kling was aan één kant geslepen en boog lichtjes weg van een bronzen greep, pareerstang en zwaardknop. Dit was een zwaard dat eerder aangetroffen werd op potscherven uit de legendarische dagen vóór de opkomst van Valkeris. Dit was, hij twijfelde er geen moment aan, het Kliefzwaard van de Necromancer.

Toch was het niet dit mythische voorwerp dat vooral Guyimes aandacht trok, maar het gezicht van degene die het vasthield – want dat was een gezicht dat hij kende.

'Ihlene,' verzuchtte Guyime. Hoewel ze geen teken van leven vertoonde, waren haar gelaatstrekken nog altijd die van de vrouw die hij op het Veld van de Heilige Maree had zien sterven, haar handen tegen een gutsende wond in haar buik gedrukt. Haar ravenzwarte haar bezat nog steeds dezelfde glans. Haar prachtige haviksgezicht zag er merkwaardig sereen uit, wat totaal niet paste bij de felle strijdster die hij had gekend. Het litteken op haar voorhoofd deed geen afbreuk aan haar schoonheid, maar leek die eerder te vergroten.

'Ken je deze vrouw?' vroeg Lexius.

Guyime trok de hand terug waarmee hij aarzelend haar gezicht had willen beroeren.

'Dit is Vrouwe Ihlene Hardeysa,' antwoordde hij. Dat was volkomen onmogelijk, maar toch speelde er een kleine glimlach op zijn lippen. 'Ze noemden haar de Stalen Roos. Ze vocht tijdens alle gevechten aan mijn… aan de Verwoesters zijde. Ze was glorieus en furieus. Ze stierf op het Veld van de Heilige Maree. Dat betoverde schilderij in de Carvaro-galerij was een behoorlijk goede weergave.'

'Maar hoe kan ze dan hier zijn, met dat zwaard?'

De stem van de geleerde verstomde toen er in de catacombe een nieuw geluid weerklonk, een zacht en hoog klinkend geschraap over de stenen, vergezeld van een geratel dat Guyime herkende als het geluid van botten op graniet. Het leek van alle kanten te komen. Guyime en Lexius draaiden zich meteen om en zochten met hun fakkels de catacombe af. Ze zagen alleen flarden zachtjes wuivend spinrag. Toen hield het geluid opeens op. De korte, totale stilte die daarop volgde werd verbroken door een stem – nee, eerder een soort stoffige bries.

'Bent u dat, Sire?'

Hoe vreemd en overduidelijk bovennatuurlijk van oorsprong ook, Guyime kende deze stem. De cadans van de woorden, de vriendelijke klank – er was, zelfs nu nog, geen vergissing mogelijk. Hij draaide zich langzaam om en zijn fakkel verlichtte een vorm die uit de resten van dit eeuwenoude graf leek te ontstaan. Spinnenwebben en stof wervelden rond en vormden ledematen, torso en nek, met daarbovenop een soort hoofd. Het vuile spinrag vormde een gezicht, hoewel Guyime daarachter ook het in de loop der eeuwen bruin geworden kaakbeen en de tanden van een schedel kon onderscheiden. Het masker van spinnenwebben vervormde en veranderde in een gezicht dat hij eveneens herkende.

'Lorent…' Guyime stapte naar voren, aarzelde en bleef toen staan. Een seconde lang kon hij niet anders dan staren naar dit vreselijke spookverschijnsel, deze karikatuur van de enige man die hij oprecht als een held beschouwd had. 'Je…' Hij stotterde, slikte en dwong zich de woorden uit te spreken. 'Je bent dus toch gekomen, zoals je altijd al beloofde. Je bent gekomen en hebt Fort Swartfuyr in bezit genomen.'

'Inderdaad, Sire. En ik heb mijn geliefde Vrouwe meegebracht.' De spookachtige arm van Lorent Athil deed stofdeeltjes opdwarrelen in de roerloze lucht van de catacombe toen hij naar het ongeschonden lichaam van Ihlene wees. 'Kijk eens hoe mooi zij daar ligt. En ook, hoe stil.' Het wervelende, nauwelijks tastbare gezicht van de geest kreeg een uitdrukking van grenzeloos verdriet. 'Is het niet vreemd, Sire? Hoe onze ambities uiteindelijk nergens toe leidden? Jij veroverde een koninkrijk om er daarna afstand van te doen. Ik won haar hart, maar kon haar alleen in mijn armen houden toen ze lag te sterven. Maar ze heeft het tegen me gezegd, weet je, voordat ze haar laatste adem uitblies. Ze zei me dat ze van me hield…'

De spookachtige fluistering van Lorent vervaagde en hij verloor zich in mijmeringen over de gestorven maar nooit vergane vrouw in de doodskist. Guyime wilde er liever niet bij stilstaan hoelang de geest van zijn vriend hier had rondgedwaald, hoelang hij in deze diepe aarde vertoefde, helemaal alleen, met een gebroken hart.

'Het zwaard, Lorent,' drong hij aan. 'Vertel me over het zwaard.'

'Het is een walgelijk ding, Sire. Nog erger dan het zwaard dat je in Salish vond. Een verschrikkelijk, vervloekt wapen… Ik ontdekte het hier, in de ingewanden van deze ruïne die ik tot mijn thuis hoopte te maken. Oude verhalen over Orwin Swartfuyr en zijn vele duistere daden brachten me hier. Een zwaard dat de doden weer tot leven kon wekken, zo vertelden de oude mensen in de omgeving me. Ik was gek van verdriet. Ik dacht dat het zwaard haar weer tot leven zou wekken. Ik was een dwaas, Sire, een verschrikkelijke dwaas…'

De geest van Lorent veranderde van vorm; de spinnenwebben en het stof wolkten op en vormden de gedaante van een knielende man. Zijn handen van spinrag streken over het roerloze gezicht van Ihlene.

'Het wezen in het Kliefzwaard van de Necromancer fluisterde me toe en beloofde me van alles… Leugens, allemaal, maar ik wilde hem zo graag geloven. Dus ik pakte het zwaard op en riep de demon aan, opdat hij Ihlene zou herstellen. En dat deed hij. Hij verdreef alle verrotting uit haar lijf. Hij herstelde haar lichaam, maar hij gaf haar niet haar leven terug. De vrouw die uit deze kist klom was niet meer dan een wonderschoon kadaver met gloeiend groene ogen. Kwaadaardig, bloeddorstig en wreed, zoals het ding dat haar weer deed opstaan het graag heeft.

Toen begreep ik wat mijn zonde was, Sire. Ik wist wat ik gedaan had. Alle waanzin viel van me af toen ik Ihlene zag zoals ze nooit geweest was. Ik wist op pure wilskracht de demon in het zwaard te beheersen. Hoewel hij tegen me tekeerging en me teisterde met vele soorten pijn, wist ik hem toch onder controle te houden. Ik verzegelde het graf, zodat noch de demon, noch ik, noch Ihlene ooit zou kunnen ontsnappen. Met mijn laatste wilskracht stak ik het vervloekte zwaard in mijn eigen borst, viel op Ihlene neer en drukte haar, op het moment dat het leven me verliet, het zwaard in handen.

Zo lagen we hier, ontelbare jaren lang, in elkaars armen, terwijl mijn lichaam tot bot en toen tot stof verging en zij dankzij het kwaad in het zwaard nooit veranderde. Dat was ons uiteindelijke lot, zij een lijk en ik een geest. Er school enige waarheid in de oude verhalen. Er was inderdaad een heks die, uit woede over de wreedheden van Orwin Swartfuyr, dit fort vervloekte. Zijn geest huist nog altijd in deze stenen, maar vervaagd, zich nauwelijks nog ergens van bewust. Want dat is het lot van iedere ziel die gedoemd is voort te leven na de dood. Zonder nog iets te voelen glijden ze langzaam weg in de duisternis, tot sterfelijke ogen er niet meer van opvangen dan een korte flikkering. Maar ik, ik ben niet verdwenen. Ihlene houdt me hier. Haar schoonheid en mijn wanhoop houden me in stand. Is er een gruwelijker lot denkbaar dan eeuwig in deze catacombe rond te moeten waren en voor altijd getuige te moeten zijn van alles wat ik verloor?'

'Tot Ekiri kwam,' zei Guyime. 'Het meisje met de Kristallen Dolk. Ze is hier geweest, is het niet?'

'Ik heb haar naam nooit vernomen, want ze sprak met een andere dan haar eigen stem. De stem van een demon. Het was duidelijk dat het haar niet gelukt was te doen wat mij wel lukte. Ze was er niet in geslaagd de demon in haar dolk te beheersen. Ik kon het haar niet kwalijk nemen. Ik heb de kracht gevoeld van die demon – Kalthraxis noemt hij zichzelf – en ik betwijfel zelfs of jij hem in bedwang had kunnen houden, Sire.'

De geest van Lorent liet zijn spookhanden over het Kliefzwaard van de Necromancer dwalen. 'Het ding in dit zwaard vreesde hem ook. Ik kon het voelen. Welk hellebroedsel is zo angstaanjagend dat het zelfs een andere demon bang maakt? Kalthraxis lachte hem uit, bespotte hem. "Gij zult me van dienst zijn, broeder," zei hij tegen de demon in het Kliefzwaard. "Verheugt ge in de wetenschap dat ge, al was het maar eenmaal in uw minderwaardige bestaan, een belangrijke rol moogt spelen." Toen lachte hij… Ik heb vele vreselijke dingen meegemaakt, maar die lach deed zelfs mijn afwezige hart bevriezen.'

'Wat…' Lexius hoestte voordat hij erin slaagde zijn vraag te formuleren. Hij was meestal standvastig, maar dit gesprek met een geest leek hem toch nerveus te maken. 'Wat heeft hij gedaan? Hoe ontketende hij de macht van het zwaard?'

'Gewoon, door het aan te raken, beste Heer,' antwoordde Lorent. 'Dat was alles. Het was een bevelende aanraking, dat kon ik voelen. Hij onderwierp de demon in het Kliefzwaard aan zijn wil, net zoals dat meisje. En de kracht die het ontketende… Ik voelde de pijn, want het was alsof de vleesgeworden dood je raakte. Een enorme kracht, als een met olie doordrenkt vuurbaken dat hoog oplaait zodra er een fakkel bij wordt gehouden.'

Van ver boven hen kwam opeens een onbestemd geluid. Guyime kon niet uitmaken of het een kreet was, wapengekletter of het geluid van de gebarricadeerde torendeur die eindelijk bezweek. 'Het moet in de hand gehouden worden,' zei hij. Hij wierp een kalme, vastberaden blik op het Kliefzwaard van de Necromancer.

'Mijn Heer…' waarschuwde Lexius toen Guyime zijn hand uitstrekte naar het vervloekte demonenzwaard.

'Om de demon te beheersen moet het zwaard gedragen worden,' zei hij. 'Dat is alles wat ik weet. Als het mijn lot is twee van die vervloekte zwaarden te moeten dragen, dan zij het zo.'

Zijn vingers maakten nog maar nauwelijks contact met de glanzende bronzen zwaardknop of een gonzende, vibrerende energieschicht greep zijn arm en sloeg hem weg. De kracht slingerde Guyime om zijn as en hij vloog tegen een van de funderingszuilen aan. Hij kreunde toen de pijn van zijn arm naar zijn borstkast schoot, daar even opvlamde en vervolgens doofde.

'De vloek die de demon in het zwaard gevangenhoudt staat het niet toe, Sire,' legde de geest van Lorent hem uit. Zijn onwerkelijke gezicht kreeg een grimmige uitdrukking. 'Hij wil de ziel van een sterveling niet delen. Een niet-vervloekte hand zal dit zwaard moeten hanteren.'

Guyime en Lexius keken elkaar aan, terwijl er van boven nog meer vage maar alarmerende geluiden kwamen.

'Zoeker of Lorweth,' zei Lexius. Zijn brillenglazen vergrootten zijn duidelijk beschaamde blik.

'Nee,' gromde Guyime. Hij krabbelde overeind.

'Er is geen andere manier, mijn Heer. Een sterfelijke hand moet dit zwaard opnemen. En het mag geen hand zijn die al een van de andere vervloekte Zeven Zwaarden draagt.'

'Laat het dan mijn hand zijn,' zei een zachte, toonloze stem.

Guyimes ogen schoten naar Anselm, die uit de schaduwen tevoorschijn kwam. De blik van de ridder was op het eeuwenoude wapen in de handen van Ihlene gevestigd. Zijn gelaatsuitdrukking was er een van totale wanhoop, vermengd met een onverzettelijke vastberadenheid.

'Je weet niet wat dit is, jongen,' zei Guyime tegen hem.

'Ik heb genoeg gehoord om te weten dat dit onze enige redding is.' Anselm naderde de doodskist met kalme zelfverzekerdheid.

Guyime zag geen enkele angst of aarzeling in zijn houding.

'Dus dit is,' vervolgde de ridder zachtjes mompelend, 'waarvoor je gekomen bent, kapitein? Vader Lothare probeerde me te waarschuwen voor je verborgen bedoelingen. Het lijkt erop dat je me wat geld schuldig bent, aangezien je je soldij onder valse voorwendselen hebt ontvangen.'

'Je kunt iedere cent krijgen die ik heb als je nu weggaat.'

Anselm liet een bittere zucht ontsnappen en knielde naast het lichaam van Ihlene. Zijn blik was nog steeds op het Kliefzwaard van de Necromancer gevestigd. 'De Droeve Doden hebben de bestorming van de deur opgegeven,' vertelde hij. 'Ze klimmen nu langs de torenmuren omhoog. De een boven op de ander, net mieren. Sommigen hebben zich al door de smalle schietgaten geperst. Die hebben we gedood, maar het duurt niet lang meer voor de hele horde het dak van de toren bereikt en dan is er geen houden meer aan.' Zijn stem veranderde in een fluistering toen hij zijn hand naar het gevest van het zwaard uitstak.

'Mijn naam is koning Guyime, de Verwoester,' zei Guyime, en toen Anselm hem verwonderd aankeek, vervolgde hij: 'Ja, ik ben nooit gestorven. Ik moet op deze aarde blijven rondlopen vanwege het vervloekte zwaard dat ik bij me draag. Voor altijd achtervolgd door de naam die ik verdiende toen ik dit wapen opnam. Raak dat ding daar aan en ook jij zult een naam krijgen. Een naam die misschien nóg meer veracht zal worden.'

'De Verwoester, hè?' Anselm tuitte nadenkend zijn lippen voordat hij zijn aandacht weer op het Kliefzwaard richtte. 'Mijn overgrootvader vocht aan jouw zijde en had altijd veel verhalen te vertellen. Ik dacht dat je groter zou zijn.'

'Niet doen!' riep Guyime, toen de ridder zijn hand naar het Kliefzwaard uitstrekte.

'Galvin gaat dood,' zei Anselm. 'En als ik Elsinora's hart ook maar een beetje ken zal voor haar hetzelfde gelden. Het verdriet en het schuldgevoel zullen haar kapotmaken.'

'Ze heeft je verraden. Met je eigen jonker nog wel. Wat ben je haar verschuldigd? Of hem?' Guyime sprak fel, maar hij wist dat hij met die toon slechts zijn eigen schaamtegevoel probeerde te verzachten, want hij deed geen enkele poging om Anselm tegen te houden toen zijn hand het Kliefzwaard van de Necromancer naderde.

'Ik ben ze liefde verschuldigd,' zei Anselm. 'Ze hebben een leven van me tegoed...'

Op het moment dat de vingertoppen van de ridder het eeuwenoude maar smetteloze brons raakten, veranderde zijn stem in een gepijnigd gesis. Hij sloeg met op elkaar geklemde tanden achterover. Zijn krampachtig sidderende hand, door magische krachten bezeten, greep het handvat van het zwaard en rukte het uit Ihlenes greep. Zodra het wapen haar handen verliet begon haar lichaam te vergaan; haar gladde huid veranderde in een droog, gebarsten omhulsel en viel snel tot stof uiteen. Het zwaardblad kreeg een felle, groene gloed. Anselm deinsde achteruit en slaakte een kreet van pijn. En precies op het moment dat hij dat deed, barstte in de geest van Guyime de woedende en verontwaardigde stem van Lakorath weer los.

Had dat verdomme niet wat sneller gekund, mijn Heer?

De woede-uitbarsting van de demon deed Guyime een beetje wankelen. Het feit dat Lexius meteen op zijn knieën gevallen was, maakte duidelijk dat de toorn van Calandra minstens even groot was.

Heel bijzonder dat ik je nog levend aantref, ging Lakorath met bijtend sarcasme verder. *Misschien wil je dat ik je straks ook help je reet af te vegen?*

Guyime voelde de woede wat afnemen toen de aandacht van de demon door Anselm getrokken werd. De ridder lag nu op de vloer te kronkelen. Hij klemde nog steeds het groen opgloeiende zwaard vast en zijn gezicht was afschuwelijk vertrokken van een diepe en onophoudelijke pijn.

Die maakt het niet lang meer, merkte Lakorath op. *De demon in dat zwaard is… op de een of andere manier veranderd, zelfs nog monsterlijker gemaakt. Geen enkele sterfelijke ziel kan hem bedwingen. We moeten wegwezen, Heer. Zo ver weg als we kunnen.*

'Ik ben hier niet gekomen om dat ding zomaar achter te laten,' gromde Guyime.

Dat zwaard is niet te hanteren, hield Lakorath vol. *Het zal de ziel van deze jonge vent opvreten. En daarna zal de demon in het wapen mij weer gevangennemen.*

Guyime voelde de onverzettelijke, ijskoude zekerheid in zijn geest toen Lakorath zijn wil aan hem probeerde op te leggen.

Dat laat ik niet gebeuren. En nu wegwezen.

'Jij hebt mij niet te bevelen, demon,' bracht Guyime hem in herinnering. De aanblik van de kronkelende ridder maakte echter maar al te duidelijk dat ze in groot gevaar verkeerden. Ze konden eigenlijk niet anders dan dit fort ontvluchten en het zwaard opgeven. De vallei van het Stille Water zou voor altijd vervloekt blijven en bewoond worden door vraatzuchtige Droeve Doden.

Het was op dat moment dat de geest van Lorent concreter begon te worden. Stof en gruis vormden even een wervelwind in de benauwde onderaardse grafkelder terwijl de schimmige verschijning meer materie verzamelde. Toen het stof weer ging liggen zag Guyime dat Lorents gezicht haast het spiegelbeeld geworden was van de knappe, bedroefde jongeman die hij zich herinnerde. Lorent staarde hem heel even aan terwijl er een verdrietige glimlach op zijn stoffige lippen speelde, toen fronste hij vastberaden en schoot vooruit om het kronkelende lichaam van Anselm te omhullen.

Het verzet van de ridder was toen al zwakker geworden; de ziel van Anselm begon het af te leggen tegen de demon in het Kliefzwaard. Zodra de stoffige geest van Lorent hem omhulde begon zijn lichaam zich echter weer krachtiger te verzetten.

Dat is tenminste een écht gevecht, zei Lakorath. *De geest van Lorent is veel geduchter dan de jongen, blijkbaar.*

'Wie wint er?' vroeg Guyime, terwijl hij de ridder nog steeds wild om zich heen zag slaan en wartaal hoorde uitslaan. De groene gloed van het zwaard in zijn handen flakkerde als een sputterende fakkel.

Moeilijk te zeggen. Hoe dan ook, dit houdt hem wel even bezig. We moeten hier nu weg kunnen komen zonder al te veel op te vallen.

'Wij gaan helemaal nergens heen.' Guyime hoorde opnieuw dat onbestemde kabaal van boven komen, reikte over zijn schouder en trok het Zwaard Zonder Naam. De blauwe gloed op het staal was feller dan ooit. 'We hebben nog werk te doen.'

Tien

De vervloekte ridder

Guyime gaf Lexius opdracht bij Anselm te blijven, klom snel uit de grafkelder en vloog de traptreden op van de crypte naar de toren. Hij zag minstens tien verslagen Droeve Doden liggen en elk van hen was netjes onthoofd. Te midden van de verzameling hoofden en lichamen stond Orsena. In haar hand glom het Bezweringszwaard. Guyime kon het zwarte bloed in het gloeiende staal zien verdwijnen; de demon in het zwaard dronk zoveel ze kon.

Toen ze Guyime zag veegde Orsena de bloedspatten van haar gezicht en schonk hem een halve glimlach. Ze stak haar zwaard omhoog. 'Ze ziet me graag dansen,' zei ze.

De lach gleed meteen van haar gezicht toen er van boven een donderend, onregelmatig gebonk weerklonk. Dat was, begreep Guyime, het geluid van alle lichamen die op de bovenverdieping vielen. En dat betekende dat het omhoogklauterende mierenleger van Droeve Doden het dak van de toren had bereikt. Binnen luttele seconden begonnen ze in een gruwelijke, krioelende massa van de trappen te tuimelen. Guyime zag de felheid waarmee ze met hun klauwen uithaalden en met vertrokken monden sisten.

Hij voelde dat hun bloeddorst nog groter geworden was.

Het Kliefzwaard roept zijn slaafjes te hulp, legde Lakorath uit. Hij liet zich een minachtend zuchtje ontvallen toen Guyime het Zwaard Zonder Naam in gereedheid bracht en aanviel op de monsters aan de voet van de trap. *Bah, wat smaken die ondoden toch altijd smerig.*

Met zijn eerste zwaardslag hakte hij er vier doormidden; met de volgende veranderde hij ze in lillende stukken vlees op de vloer. Guyime was niet zo artistiek aangelegd als Orsena en deed zijn werk met de woestheid van een krijger. Hij zwaaide het zwaard heen en weer zonder rust of pauze. Alle ouderdomskwaaltjes die hem gehinderd hadden toen Lakorath gedwongen was te zwijgen waren nu verdwenen. Het zwaard beschreef moeiteloos een gloeiende boog en het klonterende bloed van de lijken en het vocht uit hun ingewanden spoten als fonteinen omhoog en beschilderden de muren. Uiteindelijk was het alleen het enorme gewicht van alle onthoofde lichamen dat hem achteruitdwong. De Droeve Doden puilden uit het trapgat als ingewanden uit een opgereten onderbuik.

Guyime wervelde rond en maaide een tiental doden neer met één enkele slag, maar het waren er zoveel. Een van de monsters slaagde erin zich met een klauw aan zijn arm vast te klampen. Zijn vleesloze botten trokken zijn mouw aan stukken en schramden het vlees daaronder. Een beweging van het Zwaard Zonder Naam ontdeed hem meteen van arm en hoofd, maar omdat Guyime daardoor even afgeleid was slaagden anderen erin hem te passeren.

Een hevige luchtverplaatsing gevolgd door een harde dreun deed Guyimes oren suizen. Hij draaide zich om en zag dat een nieuw wezen zich in het gevecht gemengd had. Een min of meer mensachtige figuur van ruim twee meter hoog, in het bezit van een torso en ledematen – maar geen hoofd. Toen het in de menigte

Droeve Doden greep en vlees en botten vermorzelde alsof het twijgjes waren, zag Guyime dat de arm van het wezen volledig uit stukken steen bestond. Het stortte zich op de Droeve Doden en de lichaamsdelen vlogen her en der. De snelle stenen armen richtten een ravage aan.

Guyime zag Orsena op een stuk ruwe aarde staan; de plavuizen onder haar voeten waren blijkbaar allemaal gebruikt voor de vorming van haar nieuwste beeldhouwwerk. Ze staarde met ernstige, geconcentreerde aandacht naar haar dood en verderf zaaiende schepping en voerde hem aan op zijn plundertocht. Toch was zelfs deze machtige, met magische krachten opgeroepen stenen reus niet in staat het tij te keren. De Droeve Doden zwermden samen, sprongen op het wezen en braken hun botten en tanden in hun pogingen zijn harde vlees te verscheuren. De reus mepte en verpletterde met wilde overgave, maar het gewicht van de doden bracht hem uiteindelijk neer. De Droeve Doden persten hun ledematen in de gaten tussen de stenen van het schepsel en slaagden er met hun huidloze, naakte vlees uiteindelijk in het uiteen te rukken.

Orsena's adem stokte, en toen Guyime dat hoorde en zich naar haar omdraaide zag hij de frustratie op haar gezicht. 'Zelfs demonische magie heeft blijkbaar zijn beperkingen,' zei ze.

Nu haar schepping vernietigd was, kon niets de toestromende doden nog stoppen. En toch; nu hun overwinning ophanden was, werden ze opeens gegrepen door een vreemde besluiteloosheid. In plaats van zich op de laatste overlevenden te storten, bleven ze trillend en stuiptrekkend stilstaan. De groene gloed in hun ogen begon onregelmatig te flakkeren, net zoals het Kliefzwaard in de catacombe.

Kennelijk geeft de geest van Lorent de demon er flink van langs, zei Lakorath. *Al denk ik nog steeds dat hij in het nadeel is.*

'Achteruit!' schreeuwde Guyime naar Orsena. Ze trokken zich

samen terug tot ze vader Lothare en Galvin bereikten. Op de een of andere manier klampte de jonker zich nog steeds aan het leven vast. Hij probeerde zelfs overeind te komen en zijn hellebaard op te pakken. Het lukte hem alleen maar de schacht kort aan te raken; toen zakte hij in elkaar en raakte buiten westen.

Vader Lothare hief zijn knoestige wandelstaf en ging tussen Guyime en Orsena in staan. Sergeant Tuhmel en de jonge soldaat van de bres in de zuidelijke muur stelden zich aan Guyimes rechterzijde op. Zoeker en Lorweth positioneerden zich links van Orsena. Lissah stond met ontblote tanden en gekromde rug tussen de beestenbezweerster en de druïde.

'Heb je nog wat zuchtjes wind over, meesterdruïde?' vroeg Guyime. Het gezicht van Lorweth was grauw en hij reageerde met een heel zwak grinniken.

'Slechts een paar, hoogheid.' Hij stak zijn handen op om ze aan te roepen, maar stopte toen Guyime zijn hoofd schudde.

'Wacht tot ze aanvallen,' zei hij. Guyime keek naar de sidderende muur van krioelende kadavers. De Droeve Doden vulden nu de hele hal. Verderop verdrongen zich er nog meer bij de trap. En allemaal wankelden ze rond met die smaragdgroene flikkering in hun ogen.

'Het beste is altijd toe te slaan als ze zijn afgeleid,' zei Zoeker.

Guyimes blik schoot naar de deur, die nog steeds gebarricadeerd was met hun geïmproviseerde constructie van spijkers en hout. 'Ultria,' zei hij tegen Orsena, 'kun je dat zo snel transformeren dat we op tijd naar buiten kunnen?'

Ze nam even de tijd om de barricade te bestuderen en grimaste een beetje terwijl het Bezweringszwaard in haar hand flikkerde. 'Ze zou liever iets uit al die verbrijzelde botten beeldhouwen,' antwoordde ze, 'maar ja, dat kan.'

'Meesterdruïde.' Guyime hield zijn zwaard in de aanslag en zette zich schrap. Het viel niet te voorspellen wanneer de Droeve

Doden hun bloeddorst zouden terugkrijgen; hij had het gevoel dat ze nog maar enkele seconden de tijd hadden voor zijn plan. 'Als jij een doorgang voor ons zou kunnen maken? Zoeker, vader Lothare, zorg voor de jonker...'

Hij maakte zijn zin niet af, want de Droeve Doden kwamen een voor een weer in beweging. Ze gingen kaarsrecht staan, met holle rug, en het licht in hun ogen gloeide feller dan ooit. Het was alsof het groene vuur zich in elke schedel samenbalde. Toen, allemaal tegelijk, explodeerden ze. Het hoofd van elke Droeve Dode spatte uiteen in een waaier van groene kleuren. De enorme flits dwong Guyime weg te kijken. Hij hief zijn arm op om zich te beschermen tegen de explosie van botfragmenten.

Toen hij weer keek, waren de Droeve Doden veranderd in een dik tapijt van bewegingsloos vlees. Andere levenloze kadavers gleden naar beneden door de aangekoekte bloedpulp die de trap blokkeerde. Geen arm of been bewoog zich nog. Geen enkel geluid – alleen het gedruppel van bloed en lijkvocht dat van het plafond droop.

Op de trap klonken echoënde voetstappen en uit de crypte kwam een gedaante naar boven. Heer Anselm Challice leek tien jaar ouder geworden te zijn sinds Guyime hem, nog maar luttele minuten geleden, in de grafkamer achterliet. De ridder leek ook meerdere centimeters te zijn gegroeid, maar Guyime had het gevoel dat dát te maken had met zijn veranderde houding. Zijn rug stond rechter. Zijn blik was scherper en werd getekend door een kennis die zijn levensjaren ver overtrof. Zijn langzwaard hing in de schede aan zijn riem. In zijn hand hield hij het Kliefzwaard van de Necromancer. Het lemmet verspreidde nu een veel gedemptere groene gloed.

Anselm gunde de massaslachting slechts een heel korte blik voordat hij naar hen toe kwam; hij manoeuvreerde zelfverzekerd en doelgericht tussen de lijken door. Zijn samengeknepen ogen waren op Galvin gericht en zijn mond stond in een harde lijn. De jonker was nog steeds bewusteloos, maar Guyime zag dat zijn huid een klein beetje minder grijsbleek begon te worden. De gruwelijke donkere tentakels van de bloedvergiftiging rond zijn nek waren nu ook verdwenen.

'Vader Lothare,' sprak Anselm. Zijn stem had een onaangename, zacht fluitende toon gekregen, heel anders dan zijn gebruikelijke beschaafde en oprechte stem. 'Het zal jouw verdrietige plicht zijn om de koning en de kerk te berichten dat Heer Anselm Challice en bijna al zijn mannen zijn omgekomen bij de verdediging van Fort Swartfuyr tegen een rebellenleger dat gebruikmaakte van kwade magie. Jij zult deze man terug naar huis brengen en aan de zorgen toevertrouwen van Vrouwe Elsinora van Ellgren. Zeg haar dat dit de laatste wens was van Heer Anselm.'

Van Lothares gezicht was grote aarzeling af te lezen; het was immers de gezworen plicht van iedere priester geen onwaarheden te vertellen. Desondanks antwoordde hij met een ernstig en zwijgend knikje.

'Welnu, kapitein,' zei Anselm, toen hij daarna zijn blik op Guyime vestigde. 'Onze geleerde vriend vertelde me dat jij met een zeer interessante missie bezig bent…'

✦ ✦✦ ✦

'*W*at ga je de kerk vertellen?'
'Wat die beste jonge ridder me gevraagd heeft ze te vertellen,' antwoordde vader Lothare terwijl hij de ketting van de laadklep vastmaakte. Galvin lag op een bed in de kar, onder de dekens en, op bevel van Anselm, onder zware verdoving zodat hij niet wakker zou worden tijdens de reis. Anselm was geen afscheid komen nemen van de priester of de jonker, maar had er

de voorkeur aan gegeven mee te helpen met het opstapelen van de doden. De brandstapel op het schiereiland laaide hoog op. De resten van de Droeve Doden vertoonden geen enkel levensteken, maar ze aan de vlammen toevertrouwen leek toch een verstandige voorzorgsmaatregel.

Lothare pauzeerde en wierp Guyime een lange en zorgvuldig bestuderende blik toe. 'Ik denk dat het beter is als de waarheid over wat er hier gebeurd is onbesproken blijft en ook nooit wordt gedocumenteerd,' verzuchtte hij uiteindelijk. 'Als de bisschoppen iets over de Zeven Zwaarden te weten komen, zouden ze weleens tot onverstandige daden kunnen overgaan. Zeker als hun ook ter ore komt dat de Verwoester nog op aarde rondloopt.'

Guyime trok een wenkbrauw op. Hoe wist hij dat? En wat misschien nog wel verbazingwekkender was, waarom voelde Guyime de aandrang niet in zich opkomen om de priester ter plekke af te maken?

'Je stem was goed te verstaan vanuit de crypte,' legde Lothare uit. 'Te bedenken dat ik met de wreedste koning aller tijden heb rondgetrokken en helemaal niets doorhad. Ik wist dat je iets te verbergen had toen je hier kwam, maar dit...' Hij maakte zijn zin niet af, schudde zijn hoofd en leek het zichzelf te verwijten. Toch voelde Guyime geen enkele behoefte de man te doden. Misschien omdat hij zo moedig had standgehouden tijdens alle gebeurtenissen. Misschien omdat hij in deze priester geen echte kwaadaardigheid kon ontdekken, terwijl dat vroeger het enige was wat hij wilde zien.

En dus haalde hij slechts zijn schouders op en zei: 'Dat is gevaarlijke informatie die je nu hebt, vader.'

'Alle kennis is gevaarlijk, uwe hoogheid.'

Lothare keek hem nog een fractie langer aan en liep toen naar de voorkant van de kar. Samen met Tuhmel en de jonge soldaat nam hij het juk op. Alle paarden en ossen waren door de Droeve

Doden afgeslacht, dus er was geen andere manier om de kar met Galvins omvangrijke lichaam uit de vallei te krijgen.

'Tijd om te gaan, mijn zonen,' zei Lothare en hij bracht met zijn volle gewicht de kar in beweging. 'Fort Swartfuyr mag nu dan niet langer vervloekt zijn, de goddelijke wijsheid van de Wederopstandelingen zegt me dat we hier beter niet kunnen blijven rondhangen.'

Je schenkt hem genade? vroeg Lakorath, terwijl de kar weghobbelde. *Zo ken ik de Verwoester niet, de grote vervolger van alle priesters.*

Guyime bleef de kar nakijken tot hij achter de westelijke bergen uit het zicht verdween. 'Je bent altijd méér geweest dan de last die ik moest dragen, is het niet?' vroeg hij de demon. 'Je hield me in bedwang. Je beteugelde me. Een muilkorf voor een razend monster dat anders de hele wereld vermoord zou hebben.'

Op een bepaalde manier, mijmerde Lakorath. *Misschien.*

'Maar waarom? Ligt het niet veel meer in jouw aard om vernietiging toe te juichen?'

Vernietiging alleen biedt uiteindelijk niet veel meer dan leeg vermaak, is mijn ervaring. Ik blijf mijn plezier aan heel veel verschillende dingen te ontlenen. De meeste daarvan, moet ik na een heel lang bestaan toegeven, vond ik in de relatief korte tijd dat ik met jou rondreisde. Ik ben jouw slaaf niet. Ik ben er niet om jouw wensen in vervulling te brengen, of ze nu vreedzaam of moorddadig zijn. Hij zweeg en na een korte stilte sprak de demon in het zwaard weer op die spottende, geprikkelde toon die Guyime zo goed van hem kende. *Dus je hebt me wel een beetje gemist?*

'*M*aar je weet dus niet precies wat het doel is van de Zeven Zwaarden, Sire?'

Het gebruik van zijn titel, gecombineerd met de kalme, doelbewuste blik en de zachte stem van de ridder, beide verontrustend vertrouwd, deed Guyime twijfelen. Was hij eigenlijk wel met Heer Anselm Challice aan het praten?

'Ik weet dat we, door dat doel te verwezenlijken, de vloek zullen opheffen die ons aan deze zwaarden kluistert,' antwoordde Guyime. 'Dat alleen maakt deze missie al de moeite waard.'

'En als dat doel verschrikkelijk blijkt te zijn, wat dan?'

De vraag versterkte nog meer de indruk dat hij niet met Anselm maar met de geest van Lorent aan het praten was. Heer Lorent Athil was er nooit voor teruggeschrokken de moeilijke vragen te stellen, maar altijd met de hem verschuldigde eerbied. Het was nu twee dagen geleden dat ze van Fort Swartfuyr vertrokken waren en Guyime had zich er tijdens hun tocht van weerhouden vragen te stellen over de strijd van de ridder met de demon die in het Kliefzwaard van de Necromancer woonde. De enige opmerking die hij daarover maakte, werd beantwoord met een dreigende blik en een verwijtende grimas – en die kwamen duidelijk van Anselm, want Lorent was nooit zo lomp geweest. Het was helder dat de geest van zijn vroegere strijdmakker ze geholpen had bij het bedwingen van de demon, maar was die nu verdreven? En hoeveel van Lorent, of Anselm, was er achtergebleven? Guyime vermoedde dat de ridder het zelf ook niet wist.

'In dat geval zal dat doel niet verwezenlijkt worden,' antwoordde Guyime eenvoudig. 'Waar deze reis ons ook mag brengen, ik heb Zoeker beloofd dat ze Ekiri terug zal krijgen. Daar zal ik voor zorgen, wat er verder ook gebeurt.'

'Een waardige queeste dus.'

'Dat denk ik. En ik zou het een eer vinden die met jou voort te zetten. Als jij dat wilt.'

'Dus ik heb nog een keuze?'

Guyime knikte naar de anderen die rond het kampvuur zaten. Ze waren vanaf Fort Swartfuyr in zuidoostelijke richting gegaan. Hoewel de kaart van de Cartograaf weer in een verwarrende wirwar van kronkelende lijnen was veranderd, wezen de meeste daarvan in die richting. Het landschap oogde aangenaam, glooiende heuvels en goed onderhouden akkers, hier en daar een boerenhoeve of een dorp. De mensen die ze onderweg tegenkwamen bleken niet vijandig. Ook niet erg gastvrij, maar wie zou vreemdelingen uit de vervloekte vallei nou niet wantrouwen?

Ze bivakkeerden op een zacht glooiende helling, een volle dagmars van Fort Swartfuyr. Ze spraken op gedempte toon, want Lorweth was nog niet helemaal op krachten gekomen. Zoeker was in een fronsend, naar binnen gekeerd stilzwijgen vervallen. Lissah sliep op haar schoot en ze streelde de lynx met een afwezige blik. Orsena en Lexius wilden wel praten, maar hun zachte woorden waren bestemd voor de geesten die in hun zwaarden woonden.

'Deze mensen volgen mij om hun eigen redenen,' legde Guyime aan Anselm uit. 'Ik dwing ze niet. Ik zou dat ook niet kunnen als ik dat zou willen, want ze zijn allemaal heel machtig. Net als jij, mijn Heer.'

Anselm keek weg en zijn hand gleed naar het gevest van het Kliefzwaard van de Necromancer. Tussen alle doden had hij een passende zwaardschede gevonden. Het langzwaard droeg hij voortaan op zijn rug. Guyime kon een kleine glinstering van het Kliefzwaard langs de rand van de schede zien schijnen en wist dat, wat zich ook in dat staal mocht bevinden, het zich nu in de gedachten van Anselm liet horen. Opnieuw weerhield hij zich ervan vragen te stellen. Een vervloekt demonenzwaard moeten dragen was nooit gemakkelijk en hij had een steeds sterker wordend vermoeden dat deze ridder het daar moeilijker mee ging krijgen dan de meesten.

'We...' begon Anselm. Hij stokte en er verscheen even een geërgerde uitdrukking op zijn gezicht voordat hij verderging. 'Ik ga met je mee, Sire.'

'Ik denk dat ik liever heb dat je me kapitein blijft noemen,' zei Guyime terwijl hij van het vuur opstond. 'Ik ben al heel lang geen koning meer.'

Hij rolde de landkaart open terwijl hij van het kampvuur wegliep en naar een punt zocht dat hem een uitzicht zou verschaffen op het zuiden. Hij had gehoopt dat de magische kaart hem meer zou vertellen als ze ver genoeg verwijderd waren van het fort en de daar rondhangende geesten, maar het enige wat hij zag waren nog meer onduidelijk kronkelende, vage lijnen.

Een gemakkelijke oplossing zou zijn om gewoon een richting te kiezen en te blijven lopen tot die krabbels ergens op beginnen te slaan,' zei Lakorath toen hij Guyimes groeiende frustratie voelde. *Maar dat kan natuurlijk nog jaren duren.*

'Ik vraag me af of dit allemaal een opzetje is geweest van de demon in de Kristallen Dolk,' zei Guyime peinzend. 'Om ons zo in de val te lokken moet die Kalthraxis een behoorlijk sterke demon zijn, en heel gewiekst.'

Het zwaard op zijn rug reageerde onmiddellijk toen hij die naam noemde. Niet het gebruikelijke gonzen of zachte vibreren, maar een heftig rukken en schokken dat afkomstig moest zijn van een diepe, onversneden angst. Tijdens de lange stilte die daarop volgde voelde hij Lakoraths opwellende, aan paniek grenzende doodsangst.

Guyime zei niets. Hij wachtte tot het zwaard en de demon gekalmeerd waren. Toen Lakorath uiteindelijk sprak, klonk zijn stem weer even gecontroleerd en emotieloos als altijd.

Is dat de naam van de demon in de Kristallen Dolk?

'Ja. Lorent kwam het te weten toen Ekiri hier was. Ken je die Kalth…'

Zeg het niet weer! schreeuwde Lakorath, angstig, woedend. *Namen hebben macht, hoe vaak moet ik je dat nog zeggen?*

'Zoals je wilt.' Guyime trok het Zwaard Zonder Naam en bekeek het lemmet in de palm van zijn hand. De blauwe gloed bewoog zich veel onrustiger over het staal dan gebruikelijk. 'Wie of wat is dat?' vroeg hij. 'Deze demon die je zoveel angst inboezemt?'

Herinner je je de Krankzinnige God? Lakorath liet een rauwe, bittere zucht vol duistere herinneringen ontsnappen. *Deze is veel erger. Maar nu heb ik tenminste wel een vermoeden waar deze reis ons zal brengen, mijn Heer. Je zou die landkaart moeten verbranden. Je hebt er nu niets meer aan. Onze vijand heeft die kaart gebruikt om je naar Fort Swartfuyr te lokken. Je kunt die kaart dus nooit meer vertrouwen. En trouwens, ik weet al waar we naartoe moeten.*

'En waarheen is dat?'

Naar de plek waar ik verleid werd om in deze miserabele wereld te stappen van sterfelijke zielen met hun eindeloze gekibbel. Daar waar ik als een domme geit in de val werd gelokt. Waar ik in dit vervloekte zwaard terechtkwam. We moeten naar het zuiden, naar de verre uithoeken van de Axuntus Nuarem. Daar ligt een gebied dat bekendstaat als de Zee der Zuchten.

De Zeven Zwaarden-serie
van ANTHONY RYAN

DEEL EEN
Een Pelgrimstocht van Zwaarden

DEEL TWEE
De Krakentand

DEEL DRIE
Stad van Liederen

DEEL VIER
Fort Swartluyr

Meer werk van

ANTHONY RYAN